배 우 고
생각하고
연결하고

어떻게 생각의 힘을
키울 것인가

배 우 고
생각하고
연결하고

박형주 지음

해나무

일러두기

이 책 내에 사용된 일부 작품은 SACK를 통해 VEGAP와 저작권 계약을 맺은 것입니다. 저작권법에 의하여 한국 내에서 보호를 받는 저작물이므로 무단 전재 및 복제를 금합니다.

머리말

대학을 졸업한 후 전공을 바꿔 수학과 대학원에 진학했더니 모르는 게 많았다. 재능 있고 너그러운 친구들의 도움으로 유학 초기의 어려움은 그런대로 넘겼지만, 의욕만으로 연구 결과가 나오는 게 아니었다. 시간을 축내다 보니 어느새 더 이상 병역을 연기할 수 없는 시한에 다다라 있었다. 휴학하고 귀국했다.

시간은 흘러갔고 복학했을 때는 이전에 내가 쓴 논문조차도 이해하기 힘들어서 머리를 쥐어뜯는 바보가 되어 있었다. 당시에는 캘리포니아주가 재정적 위기에 처해 있었고, 그 여파가 주립대학교에도 미치고 있었다. 줄어든 조교 장학금을 저학년 학생에게 우선 배정하는 정책이 시행되고 있었다. 휴학 시기까지 포함해서 재학 기간이 긴 유학생은 조교로 배정되기 어렵다고 했다. 하늘이 노래졌다. 한국에 머무르는 동안 연구에 진전이 있었다면 좋았겠지만, 오히려 퇴보해서 돌아왔으니 어쩌랴. 세상은 인내심을 가지고 나를 기다려주지 않았다. 인생 최대의 위기였다.

공부를 계속하는 건 무리였다. 자신감은 하루가 다르게 사라졌고, 짐을 쌀 생각을 했다. 이십 대를 모조리 쏟아부었는데 이제 무엇을 하며 살까. 하루를, 어떤 때는 이틀을, 햄버거 하나로 지탱하는 기간이 길어졌다. 그 뒤 오랫동안 햄버거는 보기도 싫었다.

어느 날 모처럼 학교 카페테리아에 갔다. 그날은 하루 식사를 커피 한 잔으로 바꾼 날이었다. 특별히 할 일도 갈 곳도 없었다. 세상의 모든 고난을 짊어진 사람의 표정을 하고 앉아 있는데, 옆 테이블에서 몇 사람이 열띤 토론을 벌이고 있었다. 전자공학의 신호처리 관련 문제를 얘기하는 중이었고, 해결 안 되는 어떤 난점에 관해 고민하는 것으로 보였다.

만사가 귀찮은 사람이 무슨 오지랖인지 대화에 끼어들었다. "그건, 수학에서는 1970년대에 이미 해결된 문제예요. 요즘은 퀼렌–서슬린Quillen–Suslin 정리라고 불러요." 몇 가지 질문과 대답이 이어졌다.

며칠 뒤에 전자공학과의 어떤 교수에게서 연락이 왔다. 내가 설명한 걸 찾아보았는데 대수적 케이 이론K-theory 분야의 난해한 논문이어서 읽기 쉽지 않다고, 자신의 연구 그룹 세미나에 와서 쉽게 설명해달라고, 그렇게 제안하는 게 아닌가. 공동 연구가 시작됐고, 그는 내 공동 논문 지도교수가 되었으며, 연구조교 장학금을 지급해주었다.

위기는 누구에게나 찾아온다. 클 수도 있고 작을 수도 있고,

일찍 올 수도 있고 늦게 올 수도 있다. 우리는 각자의 방식으로 위기를 넘는다. 나의 첫 번째 위기를 넘게 한 자산은 무엇이었을까. 다른 사람들의 생각에 귀 기울이는 것, 대화와 논쟁에 참여하는 것. 세상은 더욱 연결되어가는 중이다.

"사방이 막힌 듯했던 내 이십 대 말의 위기는 감당할 수 없는 폭우 같았다. 하지만 돌이켜보니 저 멀리 내리던 비를 바람이 잠시 가져온 것이었다." _이 책의 본문 중에서

이 책은 연결된 세상에 대한, 그리고 비와 바람에 대한 이야기이다. 연결된 세상을 살아갈 우리 아이들에게 무엇을 가르칠 것인가에 대한, 교육의 미래에 대한 이야기이기도 하다.

책 중간중간에 '수학 포커스'라고 표시된 부분이 몇 번 등장한다. 수학에 부담을 느끼는 이는 편하게 넘어가도 다른 부분을 읽는 데 아무런 문제가 없다. 혹시 인내를 가지고 읽는다면 다른 부분과의 연결을 유추할 수 있을 것이다.

'모르는 것을 보려니 고통스럽다'가 아니라 '새로운 것을 배우니 즐겁다'라는 당신에게, 즐거움과 존경을 담아 고스란히 이 책을 바친다.

차례

1장

아프리카에서 얻은 것

만남의 순간

영화 〈레옹〉에서 살인청부업자의 견습생이 되려는 소녀 마틸다는 이렇게 말한다. "나는 성장하기를 멈췄어요. 그저 나이만 먹어갈 뿐이죠I finished growing up. I just get older."

이런 느낌은 대개 일상의 반복에 짓눌릴 때 곧잘 찾아온다. 열 번쯤 풀어본 수학 문제를 반복해서 또 풀어야 하고 게다가 이런 일이 끝도 없이 반복해서 일어나면, 아이는 마틸다의 대사를 읊조릴 수밖에 없다. 이같은 학창 시절의 잔혹사는 아이에게서 성장의 자각을 앗아간다. 천재성 있는 아이에게는 정해진 교과과정에 연연하기보다 새로운 배움과 발견의 즐거움을 주는 것이 좋지만, 대부분의 아이에게 선행 학습은 결국 반복 학습으로 이어져서 독이 된다. 아이는 새로운 만남의 느낌도, 성장의 자각도 경험하지 못한 채 조로早老한다. 뭔가를 좋아해볼 기회도 영영 날아간다. 매일 나이만 들어가는 마틸다가 되어버린다.

내가 유년기를 보낸 곳은 조용하고 정적인 소도시였다. 아이들은 틈나면 모여서 공을 찼는데, 나는 신나게 축구하는 애들이 유치해 보여 동네 애들 집에 다니면서 눈에 띄는 책은 모조리 읽곤 했다. 전집류는 읽지 말라는 얘기도 있지만, 충동 구매한 친구 부모님들 덕에 전집을 많이 읽다 보니 전집을 읽는 것에 대한 거부감이 없었다. 이게 동나고 나서는, 군교육청에서 만든 집 근처 도서관에 가서 그냥 가나다순으로 책을 모조리 읽었다. 나날이 내가 성장하고 있음을 자각하던 시절이었다. 매일 다른 세상과 만나는 느낌은 성장의 느낌과 흡사하니까.

이런 기억 때문인지, 시기에 따라 다소의 쏠림은 있지만 주제나 분야에 대한 편식 같은 게 딱히 없는 편이다. 눈앞에 보이는 건 다 읽는다. 내가 경험하는 극히 제한된 세계를 벗어나 여러 세계를 만나는 방식이려니 하고 여긴다. 잡독을 즐겨서인지 글의 내용이나 메시지뿐 아니라 읽는 맛을 중요시하게 됐다. 지나치게 선명하고 직접적인 메시지는 읽기 부담스러우며, 읽는 맛과 감칠맛이 메시지에 녹아 있어야 더 설득력 있다는 생각을 고수한다. 잡독, 다독을 하다 보니 어느새 속독하는 법도 터득하게 됐다. 한창때에는, 지금은 꿈도 꾸지 못할 속도로 읽었다. 남의 책을 빌려 읽다가 돌려줄 시간이 가까워질 때면 특히 그랬다. 잘 쓴 글과 조악한 글의 차이에 조금은 눈뜨게 되었고, 논리 비약과 구호로 가득한 글은 금방 가려낼 수 있게 되었다. 내 의견과 달라도 근거와 함께 논리정연하게 풀어나가는 글에는 후한 점수를 주게 되었다.

성장의 자각은 새로운 만남의 순간에 여러 모양으로 찾아온다. 학창 시절 접한 시 하나가 정신의 어떤 코드를 건드려서 전율을 경험했고, 보이지 않는 원자의 세계를 사진으로 찍어낼 수 있게 하는 수학 방정식에서 인간 이성의 힘을 보았다. 이런 만남의 순간은 갑자기 찾아왔다.

열일곱 살 무렵, 고등학교에 진학하기 위해 인근 도시로 유학을 갔다. 가본 곳이 많지 않은 소년에게 두 개의 대학과 꽤 큰 서점도 있는 이 도시는 다이내믹한 모습으로 각인됐다.

고등학교 1학년 여름에 영어 공부를 해보려고 단단히 마음을 먹고 영어 원서라는 걸 구해서 읽어보기로 했다. 아르바이트로 구한 돈을 가지고 서점에 가서 무작정 눈에 보이는 책 두 권을 들고 나왔다. 뭐가 뭔지 알 도리가 없어서 그냥 표지가 예쁜 책 한 권과 가격이 싼 책 한 권을 들고 나왔다. 표지가 예쁜 책은 알베르트 아인슈타인의 전기였고, 가격이 싼 책은 어원학 etymology 책이었다. 내가 미쳤지. 영한사전을 옆에 두고 머리를 쥐어뜯는 고난의 여름이 시작됐다.

신기하게도 두 책은 궁합이 좋았다. 어원학 책에 나오는 그리스어나 라틴어의 의미가 아인슈타인 책에 나오는 단어들에서 확인되는 느낌이랄까. 어원학 책은 어려운 부분은 넘어가며 대충 읽는 척한 게 전부이지만, 나중에 보니 내 평생에 가장 도움이 된 책이었다.

표지가 예쁜 책에서는, 특수 상대성 이론이 시공간의 이론이라는 것, 빛의 속도에 가깝게 달리면 고전적인 상대성이 무너진다는 것을 읽었다. 두 사람이 각각 10의 속도로 반대 방향으로 달리면 한 사람에게 상대방은 20의 속도로 멀어지는 것으로 보인다. 그런데 두 사람이 모두 빛의 속도로 반대 방향으로 달리면 상대방은 두 배의 속도가 아니라 여전히 빛의 속도로 멀어진다는 것이다. 불가사의했다.

질량이 에너지로 변환될 수 있다는 유명한 방정식 $E=mc^2$은 몇 번을 곱씹어야 했다. 질량 100의 원자핵이 충격을 받으면 질량 49의 가벼운 원자핵 두 개로 갈라진다는 게 핵분열인데, 사라진 2의 질량이 무시무시한 에너지로 변환된다는 것이다. 반대로, 질량 50의 원자핵 두 개를 엄청난 고열에서 쾅 충돌시키면 질량 98의 무거운 원자핵이 되고 사라진 질량 2가 에너지로 변환된다는 게 핵융합이다. 인류는 이 이론을 책 안에 묶어두지 않았고, 맨해튼 프로젝트를 통해 원자폭탄과 같은 무기로 구현했다. 핵융합으로 수소폭탄도 만들어냈다.

제2차 세계대전을 핵폭탄 두 개로 종전시킨 인간 이성의 '파괴적 힘'을 접한 후, 여전히 같은 일상을 산다는 건 쉽지 않은 일이었다. 특수 상대성 이론을 전개하는 수학 방정식은 입시의 필요악이 아니라 인간 이성을 표현하는 언어였다. 그저 영어 공부를 해보려던 고등학생의 치기는 우주에 대한 이해가 인류를 멸망시킬 수 있다는 상념으로 이어졌다.

아인슈타인은 박사학위를 받고 나서 바로 주목받는 학자가 되지는 못했다. 박사학위 전후로 생계를 유지하기 위해 스위스 특허국의 직원으로 일하면서 주경야독을 통해 학자로 대성했다. 일과를 마친 후 홀로 우주의 숨겨진 비밀을 찾아나가는 젊은 물리학자의 모습은 내게 치명적 매력으로 다가왔다. 대학 전공으로 더 볼 것 없이 물리학을 선택했다. 인생의 중요한 결정이 꼭 심사숙고 끝에 이루어지는 건 아니라는 걸 그때 알았다. 요즘 10대 아이들이 아이돌에 열광하는 것과 뭐가 다르랴. 마음속 영웅이 있는 곳에 가까워지려는 것은 인간 본성에 속하는 것이 아닐까.

내게 전율을 안겨준 두 번째 인물은 스무 살의 나이에 요절한 19세기 수학자 에바리스트 갈루아Évariste Galois였다. 대학교 3학년

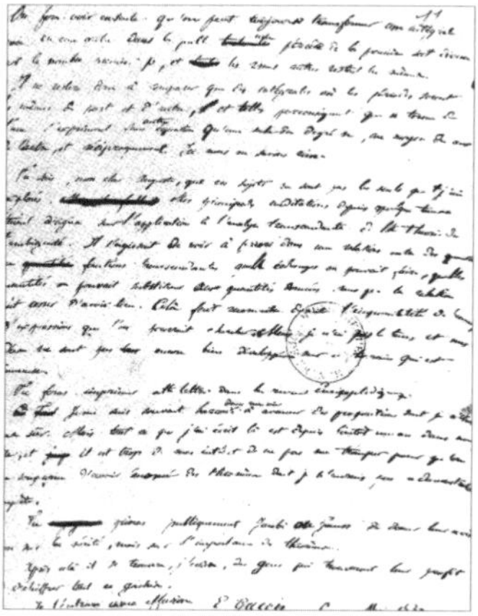

수학자 에바리스트 갈루아(왼쪽)와 그가 오귀스트 슈발리에에게 쓴 서신의 일부(오른쪽).

때 전공도 아닌 수학과 과목을 들으러 갔을 때였다.

예전에 건축가는 컴퍼스와 자로 건축물을 설계했다. 직선 2개를 어긋나게 그리면 두 직선은 각을 이루며 만난다. 이 각을 반으로 나누는 것은 쉽다. 초등학생도 컴퍼스에 연필을 끼워서 몇 번 돌리면 금방 할 수 있다. 그런데 이 각을 삼등분하고 싶어 한다고 해보자. 컴퍼스를 이리저리 돌려보면 될까? 꿈 깨시라. 갈루아가 18세의 나이에 이건 절대 안 된다는 걸 더할 수 없이 우아한 논법으로 증명했다. 여기에 그치지 않고, 갈루아는 2차 방정식의 근의 공식은 왜 존재해야 하는지, 5차 방정식은 그런 근의 공식이 왜 존재할 수 없는지를 모두 증명해 보였다.

갈루아는 불같은 청년기를 보냈다. 대부분의 수학적 업적은 10대 시절에 이루었고, 프랑스 혁명에 참여했으며, 에콜 노말École Normale에서 퇴학당했다. 여인을 두고 벌어진 권총 결투로 20세의 나이에 사망했다. 다행히 죽기 직전, 자신의 죽음을 예상한 듯이 오귀스트 슈발리에Auguste Chevalier에게 자신의 수학적 업적을 서신으로 남겼다. 수학자 헤르만 바일Hermann Weyl이 "서신에 나타난 아이디어의 고귀함은 인류 역사상 어떤 문헌보다 더 깊다"고 말한 그 원고다. 18세의 소년 갈루아는 군론이라는 완전히 새로운 사고의 틀을 도입해서 '5차 방정식에 근의 공식이 있는가'에 대한 2000년 동안의 논쟁에 종지부를 찍었다. 불같은 인생을 살다가 너무 일찍 사라진 갈루아….

당대의 훌륭한 작곡가 살리에리는 경망스런 모차르트가 너무나 쉽게 최고의 음악을 작곡해내는 걸 보고 좌절했다. 왜 신은 살리에리에게 위대한 곡을 알아채는 능력은 주었으면서 그걸 만들어내는 능력은 그리도 경박한 자에게 주었던 걸까. 어쩔 것인가. 음악과 수학에는 천재의 영역이 따로 있다. 그들과의 만남은 새로운 통찰을 던져준다. 그러나 음악이나 수학에 천재가 아니어도 할 만한 게 많이 있다는 건 또 얼마나 다행한 일인가.

해외로

서울에 올라와 대학을 다녔다. 스스로 택한 전공이라서 물리학 공부에 큰 불만은 없었지만, 이런 저런 이유로, 특히 갈루아의 영향으로, 수학자가 되겠다는 결심을 굳혔다. 앞뒤 안 보고 내린 결정이었지만, 준비해야 할 일을 알아보면서 졸업 후에 미국의 수학과 대학원에 진학한다는 계획으로 구체화됐다. 계획이란 게 으레 그렇듯이 혼자 생각일 뿐이었고 실현 가능성은 높아 보이지 않았다. 입학 허가뿐 아니라 장학금까지 받아야 하는 형편이었다. 수학 전공자도 아닌 먼 나라 학생을 받아줄 대학이 있을지, 걱정으로 밤잠을 설쳤다.

시간은 금방 지나갔고 떠밀리듯 졸업했다. 애초 계획을 바꾸어 군 복무를 먼저 할까, 아니면 국내 대학원에도 지원해볼까,

이글거리는 듯한 올리브나무는 젊은 날의 열정을 떠올리게 한다.
빈센트 반 고흐의 〈감람원〉(1889).

이것저것 고민했지만 결국 다 안 했다. 스스로 못 믿는 일은 잘 안 일어나더라는 경험칙도 작용했고, 그 자리가 꼭 필요할 누군가가 있을 것 같았다. 대학원 수업을 청강하며 불확실한 미래를 걱정하던 어느 날 장학금이 포함된 입학허가서가 날아들었다. 어제의 세상과 오늘의 세상은 서로 다른 색깔이 되었다. 하늘은 다시 푸른색을, 나는 다시 너그러움을 회복했다.

아직 유학이 드물었고 어려운 나라 살림에 외환 보유고도 적었던 시절이었다. 당시에는 여권 신청을 하려면 동숭동 근처에서 해외여행자 교육을 온종일 이수해야 했다. 해외에서 간첩에게 포섭되지 않기 위한 방법 등을 교육한다고 했다. 떨떠름할 수밖에. 하지만 정작 앉아서 세계 여러 나라의 얘기를 듣다 보니 태어난 땅을 벗어나보지 못한 우물 안 개구리 청년에겐 나름 흥미진진했다. 세상일엔 양면이 있는 법이다.

무사히 여권을 받아 생전 처음 비행기라는 걸 타고 내 나라를 떠났다. 긴 여정 동안 뒷자리 흡연석에 자주 오가며 불안감과 긴장감을 떨쳐보려 했다. '기내 흡연이라니?' 하겠지만, 그때는 공항 내부에서도 버젓이 흡연하던 시절이었다. 나중에 내가 비흡연자 대열에 끼리라는 것은 상상도 못했다.

대학을 졸업하고 대학원 입학허가서를 받기까지의 조바심을 벗어던지고 기대와 설렘으로 시작한 유학 생활은 금방 본색을 드러냈다. 전공을 바꾸어 수학과 대학원에 입학했더니, 모르는 수학은 끝이 없고 재능 있는 또래 학생은 왜 그렇게 많은지 도처가 지뢰밭이었다. 뭐든지 할 수 있을 것 같던 그 자신감은 어디로 갔을까. 역시 세상은 만만하지 않고 재능은 공평하지 않았다.

그나마 우여곡절을 겪으며 같이 고생하던 미국 학생과 가까워져 그와 함께 공부한 덕에 웬만큼 따라가게 됐다. 덤 앤 덤머Dumb and Dumber랄까. 동병상련의 처지인 멍청한 두 사람이 서로 도와가며 겨우 살아남는 스토리. 그런데 어느 날 이 친구가 주목받는 논문을 내더니 대학원생 최고의 영예인 슬론Sloan 논문펠로로 선정되는 게 아닌가.

등잔 밑은 항상 어둡다. 동료들의 부러움을 받는 자타 공인의 천재와 친구가 된 걸 위안으로 삼았다. 이 친구는 내가 군 복무를 하기 위해 귀국했던 기간에 졸업했는데, 최근 우연히 근황을 들어보니 실리콘밸리에서 일한다고 했다. 위상수학 분야의 대가가 될 것이라 기대했던 그에게 도대체 무슨 일이 일어난 걸까.

페레스트로이카의 나비효과

나비의 날갯짓이 지구 반대편에서 태풍을 일으킬 수 있다는 걸 나비효과butterfly effect라고 한다. 우리 삶과 무슨 상관이랴 싶은 작은 변화가 종종 강력한 힘으로 개인의 일상을 바꾸기도 한다. 수학자들은 이를 체계화해서 혼돈 이론Chaos Theory을 만들었다.

1990년대 초중반 무렵은 옛 소련과 동유럽의 공산 정권이 무너지던 국제 정치의 혼돈기였다. 냉전 체제가 붕괴되면서 동구 과학자들의 대탈출이 시작됐다. 세계적인 명성을 얻은 과학자들도 불안한 현실과 불확실한 미래 전망에 속속 서방으로 자리를 옮겼다. 미국에서 신규 박사들의 첫 일자리이던 연구원 자리도 씨가 말랐다. 일자리 혼란은 이론 분야에 더 심하게 나타

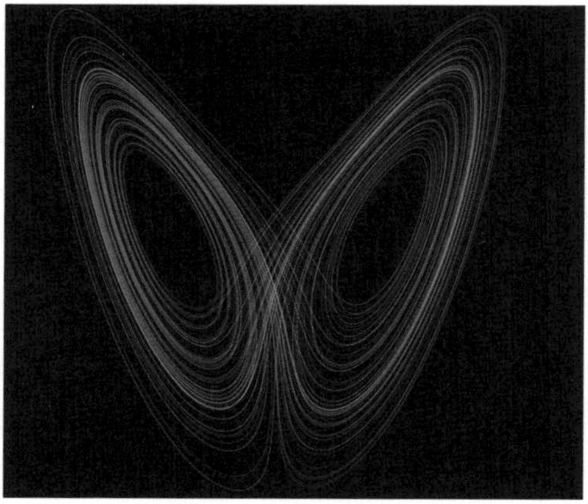
©Wikipedia

나비효과를 보여주는 그림. 초기 조건의 작은 차이가 궁극에는 큰 차이를 만든다.

났다. 실험 장비 의존도가 높은 분야에서는 새로운 연구 환경을 구축하는 데 시간과 자원이 필요한 탓에 아무래도 이동이 제한되었다.

하필, 격변의 시기에 졸업한 젊은 박사들은 혼란에 빠졌다. 운을 탓해야 하나. 베이비부머의 대량 은퇴가 멀지 않아서 일자리가 늘어날 거라 했는데, 당연시되던 일자리조차 연기처럼 사라져버리다니. 갈 곳을 잃은 젊은 이론물리학자들과 수학자들 일부는 월스트리트로 진출했다. 고맙게도 그들을 받아준 월스트리트에서 그들은 정량적 투자 기법을 도입하는 선구자가 됐다. 정량 분석가를 뜻하는 '퀀트quant'라는 새 직종도 출현했다. 파생상품 등 새 금융상품 설계의 주역이 되었다. 훗날 금융 위기의 주범이라는 비난도 받았지만 말이다.

총명한 젊은 수학자였던 내 친구는 그런 혼돈의 와중에 길을 잃었던 것이다. 옛 소련에서 몇 사람의 희망이던 자유화라는 나비의 날갯짓은 페레스트로이카로 번지더니 태풍이 되어 미국의 젊은 수학자에게서 일자리를 앗아갔고, 그의 인생을 전혀 다르게 변모시켰다. 이제는 빅데이터에서 위상수학이 중요한 도구가 되어 그는 이 분야 최고의 전문가가 됐다. 새옹지마가 이런 걸까.

나비효과 현상으로, 1980년대 말의 페레스트로이카를 금융 위기로까지 연결하는 이런 접근은 세상의 복잡다단한 일들이 얼마나 연결되어 있는가에 대한 새로운 통찰을 던져준다. 예측의 범주를 넘는 거대 변화는 사회나 개인에게 영향을 미칠 수밖에 없는데, 변화된 새 환경에서 어떻게 자신만의 영역을 만들어내는가가 성공의 관건이 된다. 월스트리트의 퀀트와 실리콘밸리의 수학자는 자신만의 방식으로 새 영역을 만들었던 셈이다.

옛 소련의 개방이 만들어낸 일자리 태풍은 국지적이고 제한적인 채로 지나갔지만, 인공지능이 주도하는 혁명적 변화의 여파는 그 차원이 다를 것이다. 연기처럼 없어질 일자리와 새로 생길 일자리의 종류와 수치에 대한 구체적인 추산까지 나돈다. 알파고라는 나비의 날갯짓이 일자리의 태풍을 일으키리라는 건 분명하다. 당장에 의사나 택시 운전사 상당수가 인공지능 기반의 무인 진단기나 무인 택시로 대체될 것이라고 한다. 그 구체적인 모습은 예측 가능한 영역이 아닐지라도, 우리 아이들이 지식전수형 반복 학습으로는 이 파고를 넘을 수 없다는 건 충분히 예측 가능한 일이다.

첫 오지 여행,
케냐 마사이마라

우리나라가 세계 10위권의 경제 대국이 된 요즘엔 해외여행이 흔하디 흔해졌지만, 아직은 주된 여행지가 유럽이나 미주 같은 선진국이거나 다녀오기 쉬운 근처 나라들이다. 나름대로 세계 여러 나라를 여행해본 축에 드는 나도 예외는 아니어서 아프리카를 가보지 못하다가, 2009년 여름에 케냐를 방문하게 되었다. 통상의 해외여행과 달리 준비할 게 많았다. 국립의료원에 황열병 예방주사가 동나서 수소문 끝에 멀리 군산까지 가서 접종하고 증명서를 받아왔다. 말라리아 예방약을 구해놓고는, 너무 독해서 고생했다는 인터넷 소문에 맘이 흔들려서 먹은 척하고 출국했다. 약 대신 들고 간 이동 모기장을 숙소에서 꼭 펴놓고 잔 건 물론이다.

보름쯤 케냐에 머물렀는데, 그곳에서 마주친 여행객은 대부분 유럽이나 미국에서 온 사람들이었다. 일본인과 중국인도 드물지 않았다. 한국인은 딱 한 사람 만났다. 세계 어디를 가도 쉽게 한국 사람을 볼 수 있는 시대이지만 오지 여행은 남의 일로 여겨지는 모양이었다.

초행길이 으레 그러하듯 설렘을 가득 안고 아프리카로 향했다. 케냐의 나이로비 공항에 도착하자, 가장 먼저 눈에 들어온 것은 공항 내부를 꽉 채운 거대한 인물화였다. 아버지가 케냐인이고 친할머니가 케냐에 생존해 있는 사람, 2009년 초에 역사상 첫 흑인 미국 대통령으로 취임한 사람, 버락 오바마였다. 취임 후 8개월이 지난 때였지만, 케냐인들의 감격과 자부심이 전해져왔다.

오바마는 미국 대통령 후보로 나서기 전에 두 권의 책을 썼는데, 두 번째 책인 『담대한 희망*The audacity of hope*』에서 그는 미국의 여러 정치·사회적 문제를 분석하고 그에 대한 해법을 제시하고자 했다. 이 책에서 교육 및 과학 발전 전략 부분을 보면 미국 수학·과학 교육의 강화에 집중되어 있는데, 오바마는 미국 학생들의 학업성취도가 수학은 세계 25위, 과학은 21위인 것이 미국 국가 경쟁력 후퇴의 주요 원인이라고 분석했다. 세계 최강대국에 무슨 문제가 그리 많으랴 싶지만, 앞서간 사람이라도 긴

장감을 놓으면 금세 뒤처지는 게 역사의 순리 아닌가. 중세 이후에 많은 식민지를 두고 세계를 주름잡던 선진국이 몰락한 경우를 보더라도, 또 고대 그리스의 뛰어난 문명을 뒤로하고 IMF 사태와 경제 위기를 겪고 있는 그리스의 예를 보더라도, 세월은 확실히 무상하다.

범상치 않은 제목의 이 책은 일약 베스트셀러가 되었고, 현실 정치에 무관심했던 수많은 사람을 그의 열광적 지지자로 만드는 데 한몫했다. 개개인의 의사가 현실 정치에 반영되지 않는 데서 오는 무력감과 냉소적인 태도가 오늘날의 정치 시스템이 당면한 큰 문제라면, 이러한 냉소주의를 극복하는 데 크나큰 가능성을 보여주었던 버락 오바마는 이미 그의 희망 절반을 이룬 건지도 모르겠다.

적도 근처의 나라, 케냐는 여러 색깔로 다가왔다. 영화 〈아웃 오브 아프리카〉에서 메릴 스트립의 커피 농장이 있던 나라답게 커피가 지천이었다. 물은 유료여서 아껴 마셔야 했지만, 진한 맛의 커피는 아무 때나 공짜였다. 사탕수수도 특산품이어서 사탕수수 보드카가 흔했다.

40여 종족으로 구성된 이 나라에서 우리 일행이 여행 기간 대부분을 보낸 곳은 '마사이마라' 평원에 위치한 소수종족 마사이족의 마을이었다. 그곳에 도착하기 위해 나이로비에서 트럭

©Wikipedia

동물이 지닌 다양한 무늬의 이면에
수학적 질서가 숨어 있다.

을 몰고 6시간을 달려야 했다. 이웃나라 탄자니아의 세렝게티 평원과 연결된 케냐 쪽 지역으로, 자연 상태에서 온갖 동물들을 볼 수 있어서 사파리 관광으로 잘 알려진 곳이다.

아프리카 대륙에 발을 디딘 이유는 EBS의 수학 다큐멘터리 〈생명의 디자인〉을 찍기 위해서였다. 수학자가 직접 진행하고 내레이션도 하는 것이니 이전에 없던 시도였다. 수학 다큐멘터리와 아프리카가 대체 무슨 상관인지 궁금할 법할 것이다. 설명하자면 이렇다. 당시 우리는 '생명 현상에 나타나는 수학적 질서'라는 주제를 다루고자 했다. 치타나 얼룩말 등 몸에 다양한 무늬를 가진 동물의 세계를 보여주며 다양한 무늬가 만들어지는 방식에 대한 수학 이론을 소개하려고 했다. 믿기 힘들지 모르지만, 영국 수학자 앨런 튜링이 오래전에 이미 이런 이론을 만들어두었다. 동물 무늬의 수학에다, 수많은 누gnu 떼의 대이동이나 야생동물 개체 수의 변화를 설명하는 '포식자-먹이 방정식predator-prey equation' 같은 것도 곁들일 참이었다.

비가 아니라 바람이었다

마사이마라에서 누 떼의 대이동을 찍을 만한 시간과 장소, 치타가 있을 만한 곳을 찾는 과정에서 현지 마사이의 도움을 적지 않게 받았다. 우리끼리 그렇게 열심히 찾아다녀도 안 보이던 치타가, 마사이가 인도하는 대로 광활한 평원을 정처 없이 운전해 가다 보면 세 마리씩이나 모여 있으니 기가 막힐 노릇이었다. 내 눈에 똑같아 보이는 치타를 구별하는 것도 신기했다. 원래 혼자 사냥하는 습성을 가진 치타이지만, 우리가 찾은 세 마리는 형제들이고 이 치타 삼 형제는 함께 사냥한다고 했다. 진짜일까? 떠날 때까지도 완전히 믿어지지 않았지만, 우리가 찍은 치타 삼 형제의 협동 사냥 동영상은 세계적으로도 희귀한 예라고 하니 그의 말이 맞는 것 같기도 했다.

떠날 날이 다가오자 그동안 신세를 진 마사이족 몇 명에게 감사를 표할 겸 평원에 나가 염소고기 바비큐 파티를 열기로 했다. 마사이마라에서는 평원에서 소 떼를 몰고 가거나 염소 떼를 몰고 가는 마사이들을 자주 보게 되는데, 소유하고 있는 소의 마릿수가 부의 척도인 것 같았다. 염소 바비큐 비용은 물론 우리가 내기로 했다. 들뜬 마음으로 바비큐 준비를 하고는 차를 몰고 나갈 참이었다. 그런데 그동안 지내는 내내 좋기만 하던 날씨가 뭔가 수상했다. 구름 모양새가 심상치 않은 게 비가 오려는 게 틀림없었다. 열심히 일만 하다가 딱 하루 쉬려고 하는 날 하필 비라니. 역시 머피의 법칙은 언제 어디에나 있다.

그런데 평원으로 나가길 주저하는 나에게 마사이가 생뚱맞은 말을 내뱉었다. 비는 안 올 거니 그냥 나가잔다. 무슨 말인가 싶었지만 달리 할 수 있는 것도 없으니 그냥 자포자기 심정으로 나갔다. 불안한 마음으로 불을 지피는데, 아니나 다를까 빗방울이 떨어지기 시작했다. 잘난 척하더니 내 이럴 줄 알았지. 야속한 마음으로 짐을 챙겼다. 그런데 그중 연장자인 한 마사이가 "이건 비가 아니야. 바람일 뿐이지"라고 선문답하며 떠날 생각을 하지 않는 게 아닌가. 이제 본격적으로 비가 내리기 시작했는데 이건 뭐지. 일단 근처 나무 밑에 가서 비를 피했다. 10분쯤 지났을까. 이게 웬일, 비가 그치고 하늘이 청명해졌다. 무사히

©Wikipedia

세렝게티에서 마사이마라로 대이동하는 누 떼.

마사이식 염소 바비큐를 먹고 나자 칠흑 같은 어둠 속에서 별과 은하수를 잔뜩 수놓은 밤하늘이 눈을 홀렸다. 너무 달짝지근해서 그다지 좋은 줄 모르던 사탕수수 보드카도 그 저녁엔 천상의 술 같았다.

멀리서 내리는 비를 바람이 잠깐 가져온 것일 뿐이라는 그 마사이의 말대로, 그날 저녁 평원에는 비는 없고 바람만 있었다. 그날, 염소고기를 불에 그슬려 구우면 환상적인 요리가 된다는 것과 마사이족은 날씨 예보에 탁월한 능력이 있다는 것을 알게 되었다. 맹수들과 대치하며 사냥을 주업으로 하는 마사이족에게 날씨를 예측하고 준비하는 능력은 생존하는 데 중요해서 그런 것일까?

누구나 살다 보면 비를 만난다. 근처에 잠시 피할 큰 나무도 없어서 곤욕을 치르기도 한다. 인생의 곤경과 난관은 운명적이라서 피할 방법이 없어 보인다. 하지만 그게 나를 괴롭힐 비가 아니고 멀리서 내리는 비를 잠시 바람이 내 옆으로 몰고 온 것일 때도 있는데, 그럴 때도 우리는 평원에 나온 걸 후회하고 비탄에 빠지며 짐을 챙겨 곧장 안락한 숙소로 들어가는 건 아닐까. 그날 그 평원에서 비와 바람을 구별할 줄 알았던 현명한 마사이가 아니었다면, 나는 마사이식 염소고기 바비큐가 그렇게 맛있다는 걸 영영 모르고 살았을 터였다. 그러니 제한된 경험과 데이터를 가지고 내린 합리적 판단이 항상 옳다고 믿을 것은 아니며, 바람으로 지나갈 일을 큰 비라고 여길 것도 아니다. 그렇게 아프리카의 바람은 내게 또렷한 인상을 남겼다. 비가 아니라 그저 바람일 뿐이었다는. 강렬한 자각이었다.

위기는 누구에게나 찾아온다

학자의 길을 가겠다고 마음먹고 대학원에 입학하는 학생이라면 누구나 비슷한 생각을 한다. 빠르게 필요한 과목을 이수하고 세상을 깜짝 놀라게 할 논문을 써서 학계에 데뷔하리라. 하지만 닥쳐보니 그게 맘처럼 쉽지 않았다. 재능 있고 너그러운 친구들 도움으로 유학 초기의 어려움은 그런대로 넘겼지만, 연구라는 건 의욕만으로 결과가 나오는 게 아니었다. 시간을 축내다 보니 어느새 병역을 더 이상 연기할 수 없는 시한에 다다라 있었다.

병역을 이행하기 위해 휴학하고 귀국했더니, 1988년 올림픽을 마친 서울은 내가 알던 그 도시가 아니었다. 진흙 강변을 연상하고 한강을 찾아갔는데 한강이 깔끔하게 정리되어 있어 놀랐다는 얘기를 요즘 학생들에게 하면 나를 외계인 보듯 한다.

내 이십 대의 끝자락에 몰아닥친 위기는 감당할 수 없는 폭우 같았다.
윌리엄 터너의 〈폭풍의 바다〉(1835년경).

1993년 초 대학원에 복학했을 때의 일이다. 나는 이전에 내가 썼던 논문조차도 파악하는 데 시간이 오래 걸리는 바보가 되어 있었다. 당시에는 캘리포니아주가 재정적 위기에 처해 있었고 주립대학교에도 그 여파가 미쳤다. 반면에 주식 시장은 좋았는지, 연금 혜택이 개선되어서 교직원의 명예퇴직이 급증하는 바람에 수학과도 교수 수가 예전보다 30% 정도 줄어 있었다. 줄어든 조교 장학금을 저학년 학생에게 우선 배정하는 정책이 시행되고 있었고, 게다가 휴학 시기까지 포함해서 재학 기간이 긴 유학생은 조교로 배정되기 어렵다고 했다. 인생 최대의 위기였다.

주립대학교이지만 유학생에게 적용되는 비거주자 등록금은 상당한 금액인 데다, 아파트 월세와 생활비는 꼬박꼬박 나가야 했다. 햄버거 하나로 하루를 지탱하는 기간이 길어졌다.

공부를 계속하는 건 무리였다. 이제 무엇을 하며 살아야 할까. 자신감은 하루가 다르게 사라졌다. 짐을 싸야 하나, 하는 생각에 앞이 캄캄했다.

그러던 어느 날, 모처럼 학교의 카페테리아에 갔다. 아마도 세상의 모든 고난을 짊어진 듯한 표정이었을 것이다. 옆 테이블에서는 몇 사람이 어떤 문제를 놓고 열띤 토론을 벌이고 있었다.

그런데 듣다 보니, 내가 아는 어떤 수학 이론으로 충분히 해결되는 문제였다. 그런데 그때 무슨 오지랖이었는지 대화에 끼어들었다. "그건 1970년대에 해결된 문제예요. 요즘은 퀼렌-서슬린 정리라고 불러요." 질문이 쏟아졌고, 그날의 토론은 수학 이론으로 뻗어나갔다.

며칠 뒤 어떤 교수에게서 연락이 왔다. 알고 보니 그날 토론하던 사람들은 전자공학과 교수와 네덜란드 전자회사 필립스의 연구원 등이었던 모양이었다. 교수는 퀼렌-서슬린 정리가 대수적 케이 이론K-theory 분야에서 난해한 부분이어서 자신의 연구그룹 세미나에 와서 쉽게 설명해달라고 했다. 그렇게 공동 연구가 시작되었다. 그는 내 공동 지도교수가 되어 연구조교 장학금을 지급해주었다. 절망에 빠져 있던 동양의 유학생은 무사히 졸업을 할 수 있었다. 순수수학과 신호처리 이론을 1부와 2부에서 각각 다루는 내 졸업 논문은 당시에는 파격적인 논문이었다.

크든 작든 위기는 누구에게나 찾아온다. 우리는 각자의 방식으로 위기를 넘는다. 어찌 보면 첫 번째 위기를 넘게 한 내 자산은 오지랖이었다. 다른 사람들의 생각에 귀 기울이는 것, 대화와 논쟁에 참여하는 것. 세상은 더욱 연결되어가는 중이다.

사방이 막힌 듯했던 내 이십 대 말의 위기는 감당할 수 없는 폭우 같았다. 하지만 돌이켜 보니 저 멀리 내리던 비를 바람이 잠시 가져온 것이었다.

현대수학으로 보는 동물의 무늬

EBS 수학 다큐멘터리 〈생명의 디자인〉의 이론적 토대를 제공한 이는 영국 수학자 앨런 튜링이다. 그는 영화 〈이미테이션 게임〉의 실제 주인공이기도 하다. 1999년에 타임 매거진이 발표한 '20세기에 가장 주요한 영향을 끼친 100명의 인물' 중 한 명이다. 영화에 묘사된 것처럼 앨런 튜링은 제2차 세계대전 중에 독일군의 유보트 관련 암호 통신 내용을 수학적 방법으로 해독하여 연합군의 승리를 견인한 천재다. 튜링은 어린 시절부터 생명 현상이나 뇌의 문제에 관심이 많았다. 그는 인간의 사고 과정을 이해하고 싶어 했고, 기계가 그 과정을 모방할 수 있는 단계에까지 가려고 했다. 약관의 나이에 그는 튜링머신이라는 개념을 통하여, 인간의 사고 영역에 속하는 문제들을 기계가 수행하는 것이 가능함을 수학적으로 입증했고, 이로써 현대 전산과학의 아버지가 되었다.

그는 동물의 표피에 있는 무늬의 다양성에도 관심을 가져 이를 수학적으로 설명하고자 했다. 예를 들어 호랑이를 생각할 때 떠오르는 줄무늬는 표범이나 치타의 점무늬와 대조된다. 하지만 꼬리 부분은 호랑이와 치타 모두 줄무늬 꼬리를 가졌다. 기억을 더듬어보자. 줄무늬 몸에 점무늬 꼬리를 가진 동물을 한 번이라도 본 적이 있었던가? 아마 기억나지 않을 것이다. 그런 동물은 존재하지 않으니까. 그리고 그걸 튜링의 이론으로 설명할 수 있으니까.

(a) 호랑이는 줄무늬 몸통과 줄무늬 꼬리를 갖는다.
(b) 치타는 점무늬 몸통에 줄무늬 꼬리를 갖는다.

이런 무늬는 왜 생길까? 사람은 무늬가 없고, 판다는 검은색과 흰색 정도만 있지 않은가? 생물학적으로는, 무늬를 가진 동물이 자연에서 살아남기에 유리했을 거라고 추측할 수 있다. 뚜렷한 무늬가 있는 동물은 다른 동물과 섞이지 않고 잘 구분되지만 같이 모여 다니는 방식으로 사자 등의 포획자를 피하곤 하는데, 얼룩말의 경우가 이를 잘 활용하고 있다. 호랑이나 치타의 경우에는 무늬가 야생에서 사냥감의 눈에 잘 띄지 않게 하는 역할을 하기도 한다. 진화론적 시각으로 보면, 야생에서의 생존을 위해 무늬가 필요한 동물이 이를 얻어내는 방식으로 진화했다고 볼 수 있다. 하지만 어떤 방식으로 이를 얻어내는지는 또 다른 질문이다. 각 동물이 필요한 형질을 얻을 수 있도록 자연은 어떤 방법을 숨겨놓고 있는 것일까?

이러한 질문의 구체적인 예로, 동물의 무늬 패턴을 결정하는 데 어떤 법칙이 있는지 생각해보자. 놀랍게도 현대수학이 그 답을 제공한다. 동물의 다양한 무늬의 이면에 수학적인 질서가 있을 것이라는 발상이라니. 놀랍지 않은가? 동물 무늬의 다양성을 설명하는 것과 컴퓨터 개념을 만들어내는 것 사이에 관련이 있을지 모른다는 것이 말이다.

튜링은 청년기에는 이론 컴퓨터의 개념을 만들어내는 데 몰두했지만, 말년에는 생명 현상을 수학적으로 설명하는 데 천착했다. 특히 피보나치 수열같이 생명 현상에서 나타나는 수학적 질서에 많은 관심을 가졌다. 사고 과정에 대한 관심에서 시작된 컴퓨터 이론 연구와 생명 현상에 대한 궁금증을 동일한 범주로 본 것이려나…….

점무늬를 가진 치타, 줄무늬를 가진 호랑이, 무늬가 없는 코끼리같이, 얼핏 혼란스러워 보이는 다양성을 튜링은 단일한 이론으로 설명하고자 했다.

튜링은 털 색깔을 만드는 화학물질(멜라닌)이 있다면 이 화학물질을 확산하는 물질activator과 억제하는 물질inhibitor이 있을 것이라는 가정 아래, 이 두 물질의 반응-확산 방정식reaction-diffusion equation을 만들어 다양한 무늬를 설명하려 했다. 옥스퍼드의 수학자 제임스 머레이는 튜링의 이러한 발상을 구체화하여, 반응-확산 방정식의 해가 태아의 크기에 따라 점무늬나 줄무늬를 만들어낸다는 것을 증명하였다.

튜링과 머레이의 연구에서는, 멜라닌을 확산하는 화학물질과 이를 억제하는 물질의 존재를 예상했다. 이 두 화학물질이 서로 반응하고 확산하는 메커니즘에 따라 멜라닌이 분포되는 대강의 그림이 생긴다는 것이다.

이를 이해하기 위해, 바람이 많이 부는 산에 산불이 났고, 소방 헬기가 소화액을 투여하는 장면을 연상해보자. 산불은 산의 초목을 태워서 검게 만드는 멜라닌 역할이다. 바람은 이를 확산하는 물질이고, 소화액은 이를 억제하는 물질이다. 거친 산불이 진화되고 난 뒤에 높은 곳에서 내려다본 산은, 온통 검게 그을린 게 아니라, 그을린 자국이 띠와 점 모양의 무늬를 만들고 있다. 반응-확산 방정식은 바로 이런 무늬의 형성을 예측해낸다. 반응-확산 방정식은 편미분방정식 가운데 하나인데 구체적으로 쓰면 다음과 같다.

$$Ut = D_U \Delta U + a - U - pR(U, V),$$
$$Vt = D_V \Delta V + c(b - V) - pR(U, V),$$
$$\text{where } R(U, V) = \frac{dUV}{e + fU + gU^2}.$$

반응-확산 방정식.

첫 번째 방정식은 확산제activator가 변화하는 비율을 묘사하는데, 확산제의 분포가 불균일하면 변화가 빠르고, 농도가 높으면 변화가 적다는 관찰을 표현한다. 두 번째 방정식은 억제제inhibitor가 변화하는 비율을 묘사하는데, 역시 비슷한 관찰로 표현한다.

포유류의 털 색깔을 결정하는 이러한 화학반응은 태아embryo 시기에 일어난다. 사람의 경우는 약 8주 정도에 일어난다. 이때 일어나는 반응과 확산의 결과로 멜라닌이 표출되는 대강의 그림이 표피에 형성되고, 출생 후에 이 그림에 따라 멜라닌이 배출되므로 특정 패턴의 털이 만들어지는 것이다.

여기에서 가장 중요한 것은 화학반응이 일어나는 시점에서의 '태아의 크기'이다. 이 방정식을 풀면 중요한 초기 조건으로 태아의 크기가 등장하고, 다음과 같은 세 가지 중요한 차이를 만든다.

1. 잉태 기간 중 초기에 이 화학반응이 일어나면, 태아가 아주 작은 상태라서 아무 무늬가 생기지 않는다. 사람의 경우가 이에 해당한다. 판다처럼, 검은색 부분과 흰색 부분 정도로 대강 나누어지는 현상이 생기기도 한다.
2. 태아가 조금 더 자란 후에 반응이 일어나면, 태아의 크기가 적당해서 각종 무늬가 생긴다. 상대적으로 작으면 띠무늬, 크면 점무늬가 생긴다. 호랑이, 치타 등이 이 경우에 해당한다. 반응이 일어날 때의 호랑이 태아는 작은 크기라서, 반응-확산 과정에서 생기는 원형무늬 하나를 다 포함하지 못하고 그 일부인 줄무늬만 담게 되는 것으로 이해할 수 있다. 반면에, 치타는 태아가 더 자란 뒤라서 원형무늬를 담을 수 있고, 따라서 점무늬가 형성되는 것이다. 같은 논리는 꼬리에도 적용된다. 점무늬 동물은, 반응 시에 태아의 크기가 큰 경우인데, 꼬리 부분도 크다면 같은 점무늬가 생기고, 꼬리 부분이 작으면 반응을 다 담지 못하여 원형무늬의 일부인 줄무늬가 생긴다. 이제 줄무늬 동물이 점무늬 꼬리를 가지지 못하는 사실도 이해할 수 있다. 몸이 작은데 꼬리가 클 수는 없으니까.
3. 태아가 많이 자란 후기에 이러한 화학반응이 생기면, 태아가 너무 커서 구별이 힘들 정도로 적은 무늬의 결 정도만 생긴다. 즉, 태아

줄무늬를 가진 여러 동물들의 꼬리. ❶은 표범, ❷는 치타, ❸은 사향고양이.

가 아주 작아서 무늬가 없는 경우와 흡사하다. 코끼리 같은 경우가 이에 해당한다.

왜 동물들의 무늬 형성 화학반응이 동물마다 다른 시기에 생기는지는 DNA에 내장되어 있는 비밀이다. 진화론의 시각으로 본다면, 무늬가 필요 없는 동물(사람처럼)은 이 화학반응을 미루지 않고 빨리 하는 방식을 선택한 것으로 볼 수 있다.

2006년에는 독일 막스플랑크 면역생물학 연구소에서 생물학자들과 물리학자, 수학자들이 공동 연구를 수행하였는데, 여기에서 쥐의 털 색깔을 결정하는 화학물질이 발견되었다. 튜링과 머레이가 존재를 예상했던 바로 그 화학물질이다. 이 화학물질에 튜링의 반응-확산 방정식을 적용

말년에 앨런 튜링은 생명 현상을 수학적으로 설명하는 데 몰두했다.

하여 예상한 무늬는 실제로 관찰된 쥐의 털 색깔과 일치했다. 튜링의 통찰이 입증되는 순간이었다.

막스플랑크 연구팀은 두 가지 다른 작업을 수행했다. 연구팀은 먼저 확산제와 억제제 사이의 반응-확산 방정식을 가지고 컴퓨터 시뮬레이션을 해서, 확산제가 늘어나면 점무늬가 촘촘히 생긴다는 것을 확인했다. 다음으로 억제제가 늘어나면 점무늬 사이의 간격이 넓어지고 드문드문해진다는 것을 확인했다.

이제 생물학적으로 이를 증빙하는 작업이 남았다. 연구팀은 억제제 단백질 유전자를 쥐의 수정란에 주사했다. 삽입된 유전자가 착상에 성공하면 억제제 농도가 늘어나는데, 실제로 털이 거의 없는 쥐가 태어났다. 착상이 잘 안 된 경우는 억제제 농도가 적은데, 털의 양이 적으면서 특정 분포를 갖는 쥐가 태어났다. 이 경우에는 털의 색깔보다는, 털의 양을 결정하는 확산제와 억제제가 확인된 것인데, 반응-확산 방정식을 풀어 컴퓨터 시뮬레이션을 한 결과와 동일했다.

호랑이의 경우, 인간보다는 조금 늦게, 하지만 치타보다는 이른 시기에 일어난 화학반응에 따라 멜라닌이 분포되는데, 호랑이가 멋있는 줄무늬를 갖게 된 것은 다 이런 질서정연한 법칙 때문이다.

컴퓨터가 비약적인 발전을 거듭하면서 튜링 업적의 중요성은 의심할 바 없게 되었고, 동물 표피 무늬의 다양성을 설명하는 튜링의 논문은 그의 생애 마지막 논문이 되었다.

2장

지식의 시대는 저무는데

천재가 좌절할 때

1986년의 늦은 가을, 미국 버클리 교정이었다. 상상을 뛰어넘는 학습량에 눌려 청운의 꿈은 잊은 지 오래인 신참 한국 유학생은 다음 날 숙제를 걱정하며 바쁘게 길을 걷고 있었다. 옆에 있던 학생이 “어, 스티브 잡스다”라고 했다. “그게 누군데”라고 한마디 하고는 가던 길을 계속 걸어갔다. 대학에서 펀치 카드에 찍은 프로그램을 메인프레임에 몇 번 돌려본 게 전부인 어리바리 유학생이 애플 컴퓨터가 뭔지 스티브 잡스가 누군지 알 턱이 없었다. 천재와 악수라도 해볼 기회를 그렇게 날렸다.

좌절의 시기는 천재에게도 범인에게도 찾아온다. 자신의 세계에 빠져들기도 하고 우울해하기도 하면서 우리는 저마다의 방법으로 좌절에 대처한다. 애플사를 창업한 스티브 잡스는

©K. Oliver

미국 캘리포니아 대학교 버클리 캠퍼스 교정.

1980년대 초에 제록스사의 연구소를 방문했는데, 그곳에서 그림(그래픽 사용자 인터페이스GUI)을 사용하는 컴퓨터 시제품을 보고 큰 충격을 받았다. 이때의 영감으로 애플 컴퓨터를 개발해 큰 성공을 거두지만, 애플의 미래라고 생각했던 매킨토시가 시장에서 실패하자 애플 이사회는 1985년에 잡스를 경영에서 배제했다.

자신이 공동 창업한 회사에서 쫓겨나 깊은 좌절에 사로잡혔을 때 그는 무엇을 했을까? 잡스는 다소 돈키호테적인 혼란을 보이면서도 여러 분야의 구루를 만나 자문을 들었다. 세계를 여행하면서 프랑스 남부에 정착하려는 계획도 세웠고, 캘리포니아 주지사 선거에 나서볼까 하는 생각도 했다. 나사의 우주선에 태워달라고 요청하는 엉뚱한 면모도 보였다. 그러면서 가끔 대학교에서 강의도 듣고 사람들을 만나며 새로운 생각을 찾곤 했다.

내가 스티브 잡스의 뒷모습을 잠시 본 1986년에는 애플 적자의 원흉이던 매킨토시가 어느새 애플에 돈을 벌어다주는 히트 상품이 되어 있었다. 잡스는 그걸 못 기다려준 경영진이 그때 얼마나 미웠을까. 보통의 해피엔딩이라면, 이런 좌절을 겪은 후 새로운 시도에서 보란 듯이 성공해야 한다. 하지만 세상은 만만하지 않았다. 눈이 왔는데 서리까지 낀다고 했던가. 영어 속담에도, 비가 오면 꼭 '쏟아진다'는 말이 있다. 스티브 잡스의 사정이 그랬다. 애플에서 나와 만든 넥스트 컴퓨터는 대규모 투자를 유치하고 최고의 실리콘밸리 인재들을 끌어들이며 큰 관심을 받았지만 쫄딱 망하고 말았다. 시대를 앞선 탓에 비싸기만 해서 로스 페로도 투자했다가 큰 손실을 보고 손을 털었을 정도이니까.

위기가 임계점에 다다른 1993년은 그의 인생에서 최저점이었다. 외부 활동도 없다 보니 이 시절 기록도 별로 없다. 그러니까 그는 좌절을 겪은 정도가 아니라 그 끝을 본 사람이다. 애플사가 미워서 퇴직 후에 그 주식을 모조리 팔았는데, 그 종잣돈도 다 끝나가고 있었다. 내가 아프리카 평원에서 겪었던 비는 사실은 지나가던 바람이었지만, 스티브 잡스가 겼었던 시련은 웬만한 비 정도가 아니라 모든 것을 쓸어가버리는 폭우였을 것이다.

그는 빈털터리가 될 처지가 돼서야 하드웨어를 포기하고 진짜 본질인 운영체제OS를 파는 일에 집중했다. 하드웨어에서 소프트웨어로의 전환은 그렇게나 힘들다. 결국 넥스트 OS는 맥의 운영체제인 OS X가 됐다.

낭떠러지에 다다른 잡스를 구원한 것은 〈토이 스토리〉라는 애니메이션 영화였다. 그가 특유의 완벽주의로 몰입했던 회사는 넥스트였지만, 취미 차원에서 운영하던 회사 픽사가 영화를 만들어 대박을 친 것이다. 기사회생 정도가 아니다. 영화의 성공에 이어 기업 공개가 이루어지자 그는 명실상부 억만장자 대열에 올랐다. 나중에 픽사를 인수한 디즈니로부터 주식을 받았는데, 그는 사망할 때까지 디즈니 제1주주였다. 잡스는 넥스트를 사업으로 여겨서 외부 투자 유치를 통해 키웠지만, 픽사의 자금은 모두 사비로 충당했다. 컴퓨터 그래픽스를 통해 예술과 과학을 결합시키고자 하는 개인적인 관심 탓이다.

도대체 돈 벌 가능성이 없어 보이던 이 회사를 그는 왜 계속 유지한 걸까? 폴 버그 교수 때문이라는 설이 유력하다. 노벨 화학상 수상자이자 스탠퍼드 대학교 교수이던 폴 버그는 동네 이웃으로, 잡스에게 긴 시간을 요하는 DNA 실험이 얼마나 어려운지를 토로하면서, 강력한 컴퓨터와 시각화 소프트웨어로 가상실험을 구현해보라고 권했다는 것이다. 자신의 본업과 과학과의 연계에 영감을 받은 잡스는 과학의 진보에 기여하는 걸 새로운 미션으로 설정하고 넥스트 컴퓨터라는 회사를 설립해서 가상실험이 가능한 하드웨어를 개발하였다. 그리고 실험 결과를 시각화하는 게 중요하다는 걸 알게 되자 영화감독 조지 루카스로부터 컴퓨터 그래픽스 부분을 인수해 그 회사를 픽사라고 명명했다.

픽사는 적자를 내면서도 끊임없이 손을 내밀어 그의 재산을 축냈는데, 그럼에도 기하 모델링 분야의 수학자와 전산학자들을 모아서 3D 애니메이션 기법 등 전혀 돈이 안 될 것 같은 연구만 해댔다. 그리고 시행착오를 거듭하던 픽사는 100% 컴퓨터 그래픽스로 만든 역사상 첫 번째 애니메이션인 〈토이 스토리〉로 대성공을 거두었다. 잡스는 다시 억만장자가 됐고, 할리우드는 많은 수학자가 진출해 활약하는 곳이 됐다.

어린 왕자류의 '자신만의 것'을 간직하는 것은 이렇게 유용하기도 하다. 잡스는 예술에 재능을 가졌던 것에 비해 수학에 재능을 가졌던 것 같진 않다. 자신의 심장이 가르쳐주는 대로, 예술과 과학 그리고 자신의 본업이랄 수 있는 컴퓨터를 합치는 것에 지대한 관심을 유지한 것인데, 위기에서 돌연 그를 구해낸 것은 골칫덩어리 회사 픽사였다.

천재를 좌절시킨 건
비였을까, 바람이었을까

단어 가운데 '혁명적으로 새로운'을 뜻하는 '혁신적'이라는 표현이 있다. 혁신적이라 불리는 것들은 어느 날 갑자기 우리 앞에 나타나게 마련인데 마치 하늘에서 뚝 떨어지는 듯 보인다. 이미 예상되던 발전을 혁명적이라고 부르진 않으니까. 그렇다고 이 단어가 꼭 갑작스러움을 의미하는 건 아닐 것이다. 한때는 어느 사람 마음속의 꿈에 불과하던, 가능성 검토나 실행 계획이 전혀 없던 막연한 꿈이 오랜 준비와 노력을 거쳐 같은 꿈을 꾸는 이들이 늘어남으로써 세상을 바꾸게 되는 것일 테니까.

대단히 새로운 것을 세상에 내놓으려면, 세상을 바꿀 아이디어가 있는 것만으로는 안 되고, 그 꿈을 다른 이들에게 전달하고 소통하는 능력이 필수적이다. 스티브 잡스는 이런 역량을 가

©Wikipedia

아이폰이라는 혁신을 만들어낸 스티브 잡스.

진 리더 중 한 명으로 꼽히는 인물이다. 카리스마적인 독재자로 알려져 있기도 하지만, 그의 리더십에 대한 증거로 사람들은 다음의 네 가지를 들곤 한다. 아이튠스를 만들어서 음악 산업을 바꾸어놓았고, 픽사를 만들어서 애니메이션 영화의 개념을 바꾸어놓았으며, 아이폰으로 휴대전화 산업의 지형을 바꾸었고, 아이패드로 컴퓨터 산업을 바꾸어놓았다. 경영인의 성공은, 때를 잘 타거나 능력 있는 부하 직원의 덕을 보는 등 행운에 기대는 경우도 많지만, 4가지의 혁신을 만들어내서 각 해당 산업의 지형을 바꾼 일을 그저 행운의 결과로 보기는 힘들다.

잡스가 애플 회장으로 복귀하던 1997년만 해도 애플사는 파산 직전이었다. 이런 애플이 주가 총액 900조 원의 기술회사로 올라섰으니, 한 명의 지도자가 만들어낼 수 있는 변화의 폭은 범인의 상상을 넘어선다. 그렇지만 혁신과 파급 효과만이 아니라, 그전의 긴 세월 동안의 준비와 시행착오도 볼 필요가 있다. 하드웨어로서의 아이폰은 사실 새로울 게 없다. 손이나 펜으로 입력하는 휴대전화는 그 이전에 팜, HP 등에서 부지기수로 출시했었으니까.

아이폰과 아이패드의 출발은 1980년대 말에 애플 내에서 시작되었던 뉴턴 프로젝트로 거슬러 올라간다. 작은 태블릿 컴퓨터였던 뉴턴 기기들은 1990년대에 여럿 출시되었지만 별다른 호응을 얻지 못한 채 단종됐다. 당시에는 잡스도 시대를 앞선 뉴턴 프로젝트를 좋아하지 않았다. 2000년 이후에 애플은 이 뉴턴 태블릿을 새로운 관점으로 개발하기 시작했는데, 잡스의 지시에 따라 크기를 줄여 아이폰으로 먼저 출시했고, 원래 목표였던 태블릿은 나중에 아이패드라는 이름으로 내놓았다.

애플의 또 다른 준비로는, 소비자가 유료로 음악 파일을 구매하지 않을 거라고 모두들 말하던 시절에 아이튠스를 만들었던 것을 들 수 있다. 시대가 바뀌어 공짜 다운로드에 익숙해 있던 사람들이 불평 없이 음악 파일을 구매하게 되면서 음악 산업의 패러다임이 바뀌었고, 이는 아이팟의 성공을 견인했다. 유사한 개념인 앱스토어의 도입은 엄청난 수의 개인 개발자가 콘텐츠 개발에 참여하는 계기를 만들었다. 아이폰의 활용도는 상상을 초월하는 수준이 되었고, 뒤따른 성공은 텔레콤 산업을 흔들 지경이 되었다.

애플은, 20년간의 뉴턴 태블릿 개발 경험과 아이튠스라는 유료 콘텐츠 시장 구축 경험을 통하여 사전 준비를 마치고, 그 융합으로 아이폰이라는 혁신을 만들어냈다. 사람들의 일상을 바꾸는 문화적 충격의 수준으로 말이다. 자신의 장점과 역량을 엄정히 평가하고 이러한 자산을 최적으로 결합할 때, 그리고 그것을 세상과 소통할 때, '혁명적으로 새로운' 것이 만들어지는 게 아닐까?

그래서 우리는 다시 묻게 된다. 자신이 창업한 회사에서 쫓겨나서 스티브 잡스가 겪었던 그 모진 시련은 다 무엇이었을까. 모든 걸 쓸어가버리는 폭우였을까, 아니면 멀리 있는 비를 조금 더 강한 바람이 조금 더 오랫동안 몰고 온 것이었을까.

영화의 특수 효과

2017년 영국왕립학회가 개최한 산업수학 학회에 발표하러 갔다가 의외의 인물을 만났다. 할리우드 영화사인 드림웍스 애니메이션의 기술책임자CTO인 링컨 월른 박사다. 수학자들이 요즘 뭘 하는지 들어보러 온 것이 아니고 기조 강연을 하러 왔다고 했다. 몇 년 전에 디즈니사의 애니메이션 담당 부사장이 미국수학회AMS 연합학술대회에 와서 강연하는 걸 재미있게 들은 적이 있어서 비교도 할 겸 흥미롭게 들어보았다.

도대체 영화사 임원들이 왜 수학자들 앞에서 강연을 하는 걸까. 아마도 영화의 수익성과 관련이 있으리라 싶어서 자료를 찾아보았다. 영화 흥행 성공의 최고 기준은 10억 달러, 우리 돈으로 1조 1000억 원이다. 사후에 비디오 렌털 서비스나 TV 판권

등의 수입은 따지지 않고 순수하게 극장에서 관객이 낸 돈만 따진 액수다. 1993년에 영화 〈쥐라기 공원〉이 처음으로 10억 달러 고지를 넘은 뒤로, 지금까지 이 기준을 넘은 영화는 총 30편이다.

그중 최고 수익을 낸 영화는 2009년의 영화 〈아바타〉인데, 극장 수입만 해도 3조 원 이상에 달했다. 사후 수입까지 합쳐 5조 원 이상을 벌었으니, 이쯤 되면 영화 산업이라는 표현이 왜 있는지 수긍이 간다. 수익이 20억 달러가 넘은 영화는 딱 3편인데, 〈아바타〉 외에 1997년의 〈타이타닉〉과 2015년의 〈스타워즈〉 속편이 20억 달러를 넘었다. 이젠 30억 달러 고지를 넘을 영화가 과연 언제 나올지 설왕설래하는 중이다.

1조 클럽에 진입한 30편 영화의 면면을 보면, 컴퓨터 그래픽스CG를 포함하는 특수 효과가 광범위하게 사용됐다는 공통점을 지니고 있다. 이제 특수 효과는 영화에 재미를 더하는 양념이 아니라 흥행 성공의 주역이 된 것이다. 이 분야에 대한 영화사들의 관심과 투자가 이해가 됐다. 얼굴에 물감을 바르는 수준의 특수 효과 말고, 캐리비안 해적의 배로 몰아치는 태풍을 생동감 있게 보여주는 특수 효과는 수학 방정식을 풀어서 구현한다. 이러니 영화사의 고위 임원들이 수학자들과 관련 연구를 진행하거나 전문성을 가진 수학자를 직접 고용하기 위해서 수학 학회

©Standford University

미국 스탠퍼드 대학교의 론 페드키우 교수.

에 와서 소통하는 수고를 마다하지 않는 것이다.

2003년에 처음 개봉된 뒤에 5편까지 나온 '캐리비안의 해적' 시리즈에서는 2편의 영화가 10억 달러 고지를 넘었고, 시리즈의 극장 수입만 44억 달러라는 공전空前의 히트를 기록했다. 이 영화를 보면, 기여한 사람들 이름이 등장하는 마지막 크레딧 부분에 론 페드키우Ron Fedkiw라는 이름이 나온다. 대부분의 영화팬에게는 생소한 이름이지만, '아카데미상을 두 번 수상한 수학자'라는 수식어가 따라다니는 사람이다. 미국 UCLA 대학교에서 응용수학으로 박사학위를 받은 페드키우 박사는 가상실험에 물리 법칙을 적용하는 연구PhysBAM로 스탠퍼드 대학교 전산학 교수가 됐고, 이후 할리우드의 명사가 됐다.

그가 제시하는 방식은, 하늘에서 운석이 떨어지는 장면을 상상으로 그리는 게 아니라, 중력 법칙을 적용해 운석의 움직임을 예측하고 이를 표현해낸다. 유체역학의 나비어-스톡스 방정식을 풀어서 캐리비안 해적의 배로 몰아치는 폭풍과 범람하는 해일의 변화상을 예측하고 이를 화면에 뿌려내는 것이다. 할리우드 감독들은 그 결과가 만들어내는 생동감에 열광했다. 전통적 방식으로는 도저히 그런 사실감이 나오지 않는다고, 한 번 이 방식을 써보면 이전 방식으로 돌아갈 수 없다고 말이다.

페드키우 박사는 직접 영화의 CG에 참여하지 않지만, CG를 만들 때 수학적 플랫폼 역할을 하는 소프트웨어를 개발해 크게 성공했고 학자로서의 명성까지 얻었다. 대학에서의 연구가 산업 문제의 해결에 기여하는 방식은 이렇듯 다양할 수 있는 것 아닐까.

연결된 삶의 혁신

신제품이 나오면 뭐가 새로워졌는지 궁금해서 꼭 만져보려는 사람을 일컬어 얼리 어답터라고 한다. 흔히 새로운 기술과 상품을 전위적으로 채택하고 실험하는 사람을 일컫는다. 이런 사람은, 새로 나오는 장치에서 이전에 없었던 아이디어를 보고, 그 아이디어를 제품으로 구현해내는 데 필요했을 혁신을 포착한다. 특별한 전문성은 없지만 여러 가지를 비교하다 보면 기술 변화의 흐름을 곁눈질하게 되기도 한다.

취미가 딱히 없는 나도 언제부터인가 어설픈 IT 얼리 어답터를 자임하게 됐다. 취미를 가진 사람들이 흔히 그러듯이 가끔 앞뒤 안 보고 사고를 치기도 한다. 1990년대 초반에 유닉스의 즉시성에 반해서 6개월의 조교 월급을 투자해 넥스트 컴퓨터를 구입한 것은 역대급 사고였다. 덕분에 생활이 힘들 정도가 되긴 했지만, 숨 막히게 멋있는 새까만 넥스트의 모습을 보면 안 먹어도 배가 불렀다. 당시는 아직 야후Yahoo가 출현하기 전이고 블로그 개념이 없던 시절이었는데, HTML 언어를 배워서 아무도 안 봐주는 개인 홈페이지를 운영했다. BBS라는 엉성한 댓글 시스템으로 안 풀리는 수학 문제를 올리고는 얼굴도 모르는 사람들과 댓글 논쟁도 했다. 수식이 많은 논문을 쓸 때 절대적인 위력을 발휘하는 라텍LaTeX 타이핑 시스템은 유닉스 컴퓨터와 최고의 궁합이라서 박사 논문도 넥스트로 썼다. 내가 사용해본 컴퓨터 중에서 최고를 꼽으라고 한다면 지금도 넥스트 컴퓨터를 꼽는다.

아이폰이 나오기 훨씬 전에 마이크로소프트와 팜Palm의 PDA 스마트폰을 사용해 일기와 손글씨 메모를 적고 일정 관리도 했는데, 남들이 모르는 나만의 보물창고를 가진 느낌이었다. 그러다가 아이폰이 나왔고 내 은밀한 보물창고는 사라져버렸다.

사람들은 아이폰이 만든 거대한 변화를 얘기한다. 이전의 PDA와 다를 게 없는데? 아이폰은 어떻게? 새로 출현한 것은 하드웨어가 아니라 아이튠즈와 앱스토어였다. 그전에는 멀쩡한 사람들도 죄책감 없이 음악 파일을 불법으로 다운로드했고, 돈 내고 소프트웨어를 사면 바보 취급을 받았다. 그런데 어느 날

문화가 바뀌었고 세상이 달라졌다. 앱 생태계가 만들어져서 유용한 앱이 폭발적으로 늘자 사람들은 '연결된 삶'의 매력에 푹 빠지게 됐다. 하드웨어는 이걸 가능하게 하는 매개일 뿐이었다.

새로운 것에 대한 수용성이 높은 신세대와 관성이 강한 기성세대 간의 간극은 어느 시대나 다르지 않다. 변화의 한가운데서 몸으로 변화를 맞는 세대와 오랜 세월을 거친 눈으로 생경한 변화를 관찰하는 세대가 서로 이해하는 일이 쉬울 리 없다. 이래저래 구세대도 꼰대 탈출의 비결을 고민하는 지경이 됐다. 꼰대라는 말은 꼬장꼬장하다는 의미를 넘어서 '불통의 아이콘'이 됐으니까.

이럴 때 떠오르는 온고지신溫故知新이라는 말은 동서고금을 통틀어 여전히 유효한 비책 중 하나이다. 옛것을 지킨다는 온고는 알겠는데, 새것을 아는 지신은 쉽지 않다. 눈을 바짝 뜨고 시대의 변화를 관찰해야 하지만, 이걸 어디서 시작해야 할지 막막할 뿐이다. 군자선가어물君子善假於物. 『순자荀子』에 나오는 말이다. 군자는 물건을 잘 다룬다는 것을 의미한다. 요샛말로 하면 군자는 긱geek에 가깝다는 말이려나. 무릇 군자는 새로운 것을 받아들이는 일에 게으르면 안 된다는 뜻이기도 하니, 얼리 어답터라는 의미로 해석할 수도 있겠다.

예전에는 한 물건을 오래 쓰는 것이 미덕이었다. 하지만 요즘

아이튠즈와 앱스토어가 보여준 비전은 '연결된 세계'였다.

은 근검절약만으로는 나라의 경제가 성장하는 데에 한계가 있다고들 얘기한다. 새로운 혁신도 그로부터 탄생한 상품이 소비되지 않으면 사그라지니까. 아이폰이 단순히 손에 찰지게 잡히는 예쁜 기계여서 혁신을 만들어낸 것이 아니다. 변화의 요체는 아이튠즈와 앱스토어가 보여준 '연결된 세계'의 비전이었다. "왜 음악 CD를 돈 주고 안 사지?"라고 묻는 대신에, 원하는 한 곡 때문에 다른 12곡에도 돈을 내야 하는 부조리에 주목한 스티브 잡스는 천재였다. CD 한 장을 다 사지 않아도 좋아하는 노래 하나를 아무 때나 구매해서 들을 수 있게 된 변화는 '개인의 선택'과 '개성의 존중'이라는 가치를 구현했다. 애플은 변화를 두려워하지 않는 얼리 어답터들을 등에 업고 낡은 주류 프레임을 순식간에 뒤집었다.

새로운 것을 써보고 그 신기함을 즐기는 사람들은 그 속에서 세상 변화의 실마리를 보며 혁신을 소비하고 지원한다. 익숙함에 안주하기를 거부하는 얼리 어답터들을 응원하는 것은 이 때문이다.

램프를 든 여인

2015년 5월 중동호흡기증후군, 즉 메르스가 우리나라를 강타했다. 이름도 생소했던 이 감염병은 순식간에 수도권과 대전, 부산까지 퍼졌고 '메르스 사태'로 불리며 우리나라를 공포에 몰아넣었다. 예측을 넘는 상황에 우리가 얼마나 준비되어 있지 않은지를 보여준 사건이었다. 감염병으로 인한 대혼란과 미숙한 대처를 보며 문득 플로렌스 나이팅게일을 떠올렸다. 영화 〈마션The Martian〉의 맷 데이먼이 인생 초유의 상황에서 문제를 하나하나 해결해나가듯이 이 간호사는 자신만의 방식으로 전쟁터에서 병자를 헌신적으로 돌보았다.

롱펠로우의 시 '산타 필로메나Santa Filomena'는 램프를 들고 밤에 홀로 야전 병상을 돌며 환자를 돌보던 이 간호사를 '램프를

든 여인'이라 칭했다. 나이팅게일은 헌신의 대명사가 되었고, '램프를 든 여인'은 헌신적인 사람을 가리키는 시적 표현이 되었다.

그녀는 1854년에 크림 전쟁에 종군 간호사로 참전했다. 1853년 10월 흑해 근처의 크림 반도에서 발발한 크림 전쟁은 오토만 제국, 영국, 프랑스, 사르데냐(지금의 이탈리아)로 이뤄진 4개국 연합군이 러시아 제국과 벌인 전쟁이다. 양쪽에서 총 140만 명 이상이 크림 전쟁(1853~1856)에 참전했고, 80만 명이 사망했다. 엄청난 사상자를 기록한 전쟁의 참혹함을 보며 그녀는 물었다. 왜 전쟁터에서 수많은 젊은이들이 죽어야 하는가?

물론 이 질문은 좌절감에 사로잡힌 간호사의 무의미한 질문으로 보일 수 있다. 전쟁이니까 많은 병사가 죽는 건 당연하지 않은가. 총에 맞고 칼에 맞아 죽는 것을 어쩔 것인가. 헌신의 정신으로 무장한 다른 간호사들은, 자조감에 빠져 이런 공허한 질문을 던질 시간에 한 명이라도 더 살리는 게 중요하다고 생각하지 않았을까?

하지만 문제의 해결은 질문에서 시작하고, 위대한 질문은 거대한 변화를 이끌어낸다. 결국 나이팅게일은 비탄에 머물러 있지 않고 당시 영국군 야전병원 사망률 42%를 2%로 낮추는 놀랄 만한 기적을 일으켰다. 병원에 간 1만 명 중에 죽을 뻔했던

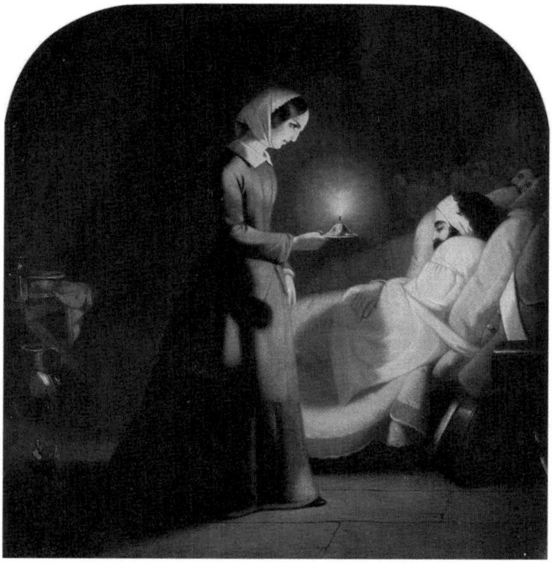

늦은 밤 램프를 들고 회진하는 나이팅게일.

4,000명이 살게 됐고, 먼 전쟁터에 자식을 보낸 영국인들은 그녀를 성녀와 동급으로 여겼다. 지극한 헌신이 기적을 일으킨 걸까?

어릴 때부터 수학에 재능을 보였던 나이팅게일은 전쟁터에서 각종 통계를 모아 이를 분석했다. 데이터는 사망의 원인에 대한 기존의 통념이 틀리다는 것을 가리키고 있었다. 그녀는 데이터로부터 총상 때문이 아니라 야전병원의 비위생적 환경과 오염된 물 때문에 대부분 병을 얻어 죽는다는 사실을 간파했다. 며칠 병원에 있다가 더러운 물과 혼탁한 공기 탓에 병에 걸려 죽는다는 것이다.

나이팅게일은 상식에 반하는 결론을 내리고는, 복잡한 통계 데이터를 쉬운 그림으로 보여주는 '나이팅게일 장미 다이어그램'을 만들었다. 수학이나 통계를 모르는 보통 사람들에게 그들의 눈높이로 자신의 데이터 분석을 설명하기 위해서였다. 요즘 뉴스에서 통계를 일목요연하게 보여주는 파이 차트(원 그래프)와 비슷하다.

1855년 그녀는 크림 반도 주둔군 사령관인 라글란 경에게 자신의 데이터 분석 결과를 서신으로 보냈다. 불행하게도 영국 지휘관들은 간호사의 말에 귀를 기울이지 않았고, 사망의 원인을 해결하려는 조치도 취하지 않았다. 여기서 좌절하고 포기했으면 철의 여인 나이팅게일이 아니다. 다음 단계로 그녀는 영국 신문 〈더 타임〉에 서신을 보내 야전병원의 문제를 설명하고 도움을 호소했다. 당시 〈더 타임〉의 편집장이던 존 딜레인은 나이팅게일이 보낸 데이터의 의미를 깨달았으며, 죽지 않아도 되는 젊은이들이 죽어나가고 있음을 명료하게 이해했다. 이를 본격적으로 이슈화했음은 물론이다.

부인할 수 없는 데이터의 명징성과 탁월한 설득의 힘으로 여론이 들끓기 시작했다. 결국 총리를 비롯한 영국 내각은 총사퇴했고 빅토리아 여왕은 흑해까지 가서 나이팅게일을 면담했다. 간호사 한 명이 영국 정부를 무너뜨린 이 과정은 『딜레인의 전쟁*Delane's War*』이라는 책에 생생히 기록되어 있다. 이 책의 제목은, 죽지 않아도 되는 젊은이들이 전쟁터에서 죽어나가는 부조리에 맞서 딜레인이 런던의 정치인들과 전쟁을 벌였다는 의미를 담고 있다.

새로 들어선 영국 정부는 조립식 위생 병동을 제작해서 전쟁터로 보냈고 각종 위생 정책을 시행했다. 기부금이 몰려들어 전쟁에서 돌아온 그녀는 세계 최초의 간호학교를 만들 수 있었다. 지금의 킹스 칼리지 간호대학이다. 그녀는 공중보건에 통계학의 역할을 정립하여 영국왕립통계학회의 첫 여성 회원이 되었고, 미국통계학회의 명예회원이 되었으며, 위대한 통계학자의 반열에 올랐다.

나이팅게일에게 무엇이 있었길래 이런 기적을 가능하게 한 것일까. 목숨을 걸고 전쟁터에 나간 다른 간호사들도 헌신의 정신을 갖고 있었을 것이다. 간호와 통계가 하등의 연결도 안 되던 때에, 나이팅게일은 이질적인 이 둘을 다 가지고 있던 유일한singular 존재였다. 그녀는 아무 관련이 없어 보이는 이질적인 것들을 함께 가졌던 탓에 남이 보지 못한 걸 보았던 것이다.

한 우물이 아니라 여러 우물을 파는 사람이 시대를 이끈다. 동질의 융합보다는 이질적인 것들의 충돌과 상호 극복이 판을 바꾼다. 인문학과 과학이 그러하다. 간호사는 약간의 의학 지식과 헌신만 있으면 된다고 하던 19세기에, 데이터와 수학으로 공중보건의 개념을 뒤집은 나이팅게일은 시대의 판을 바꾼 혁신가였다.

19세기 수학자 게오르크 칸토어는 수학의 본질이 자유로움에 있다고 했다. 이는 수학의 본질이 공식의 기계적 적용에 있는 것이 아니라, 문제의 핵심을 보고 해결 방안을 찾는 데 있음을 뜻한다. 이는 전쟁터에서 죽어나가는 병사들을 보고 그저 가슴 아파하기보다는 혼란스런 숫자들에 불과한 데이터에서 그 숨은 의미를 읽어내는 통찰과 닮았다.

과연 청소년에게 수학이 무엇일까? 이 문제를 푸는 실마리는

21세기가 지식의 시대가 아니라는 역설에 있다. 새로운 지식이 끊임없이 등장하고 곧 낡은 지식이 되니, 얼마나 아는가는 덜 중요해졌다. 시대의 변화를 읽고 새로운 지식을 흡수하는 능력이, 논리적 사고가, 그래서 중요하다.

호기심의 생산성

천재와는 거리가 멀어 보이는 사람 중에 종종 위대한 과학자의 반열에 오른 경우가 있다. 범인의 반란이랄까. 그들이 말하는 비밀을 요약하면 '호기심의 생산성'쯤 된다. 이건 우리나라 입시 교육에서 금과옥조로 여기는 '반복 학습의 중요성'과는 전혀 달라서 오히려 상반된 것 같기도 하다. 학창 시절에 목표를 분명히 세우고 매진하라는 통상적인 충고와도 많이 다르다.

독일 물리학자인 테오도어 핸슈Theodor Hänsch 교수는 2005년에 노벨 물리학상 수상 강연을 하면서, 심오한 물리 이론과 그다지 관련이 없어 보이는 그림 하나를 화면에 띄웠다. 어미 닭과 병아리가 그려진 그림이다.

핸슈 교수가 노벨상 수상 강연에서 사용한 그림.

그림의 오른쪽에는 먹음직스런 모이가 있다. 배고픈 어미 닭은 모이에 가까이 가려 애쓰지만 나무를 엮어 만든 장애물이 그 앞에 펼쳐져 있어 헛되이 수고만 하고 있다. 그런 와중에 모이 반대편 쪽에 무엇이 있는지 궁금했던 병아리는 어미를 두고 반대쪽으로 탐험에 나선다. 넓게 열린 공간에서 이곳저곳 들르다 보니 어느새 장애물 옆을 지나서 모이 앞에 다다른다. 어미 닭 쪽에는 '목적 지향의 연구'라고 쓰여 있고, 병아리 쪽에는 '호기심으로 하는 연구'라고 쓰여 있다.

핸슈는 스스로를 천재성과 인연이 없는 평범한 학생이었다고 말한다. 그런 자신이 노벨상까지 받으며 위대한 물리학자의 반열에 오르게 된 사연을 그림으로 표현한 것이다. '목표 따윈 버려라' 같은 도발적인 메시지까지 읽힌다. '무엇을 이룰 생각(목적) 같은 것 없이 새로운 발견의 즐거움에 이끌려 살았는데, 어느새 먹음직스러운 모이(노벨상) 앞에 있더라'라는 통쾌한 반전이라고나 할까.

아시아인으로서 두 번째로 수학 분야 최고상인 필즈상을 받은 히로나카 헤이스케広中平祐 교수는 여러 강연이나 저술에서 스스로를 평범한 지능을 가진 범재라고 평하곤 했다. 그의 자서전 『학문의 즐거움』에는 수학을 사유와 즐거움의 대상으로 보는 그의 관점이 잘 나타나 있다. 이 책은 평범한 사람이 어떻게 필즈상을 탈 수 있었는가에 대한 이야기이자, 그 쟁쟁한 천재들 사이에서 자기 정도 인물이 성공할 수 있었던 이유에 대한 이야기이다.

그에게 필즈상을 안겨준 '대수 다양체의 특이점 해소'라는 난해한 연구도, 세기의 천재가 짠 하고 나타나서 오랜 난제를 해결한 것과는 거리가 멀다. 히로나카는 온전한 피안의 세계가 현세에 투영되면서 번뇌로 가득한 현상의 세계가 된다는 불교적 관점에 심취했었는데, 이 관점을 기하학에 적용한 게 그의 특이점 해소 논문의 모티브였다. 자서전의 제목 '학문의 즐거움'은 '즐거움이 만들어낸 성취'라는 메시지와 잘 어울린다.

히로나카는 한국과도 인연이 깊다. 2008년부터 몇 년 동안 서울대학교 석좌교수로 지냈는데, 특히 그가 학부생을 대상으로 강의한 대수기하학 강좌는 큰 파장을 일으켰다. 당시 물리천문학부 학부생이던 허준이 군은 이 강의를 듣고 대수기하학자가 되겠다고 결심하고는 수학과 대학원에 진학해서 석사를 받은 뒤에 미국으로 유학을 떠났다. 이후 허준이 군은 박사 과정 재학 중에 조합론 분야의 오랜 난제를 해결해서 세계적 학술지인 미국수학회지JAMS에 논문을 게재했으며, 지금은 고등연구소IAS의 연구원이자 떠오르는 수학자로 주목받고 있다. 미국의 공신력 있는 과학 잡지인 〈퀀타 매거진〉은 2017년에 허준이 박사를 가리켜 필즈상 수상이 유력한 젊은 수학자라는 내용의 기사를 내보내기도 했다.

미래 세대에 대한 애정과 관심을 지닌 히로나카 교수는 주위 사람들에게 긍정적인 영향을 적잖이 미쳤다. 개인적으로 가끔 만날 때마다 항상 친절하고 역동적인 에너지를 발산하던 히로나카 교수는 지난 2010년에 적지 않은 금액을 보내서 나를 깜짝 놀라게 했다. 당시 2014년 세계수학자대회ICM의 서울 개최를 준비하던 조직위원회의 준비 작업에 보태달라고 기부를 한 것이다.

호기심의 생산성이라는 관점과 대척점에 있는 게 반복 학습인데, 반복해서 익숙하게 한다는 취지와 달리 재능 있는 아이를 질리게 해서 어정쩡한 성취에서 멈추게 한다. 같은 내용을 반복할수록 흥미는 급격하게 떨어지고 아이의 호기심은 어딘가로 사라져버리기 때문이다. 유명 문제집을 몇 번 풀었는지 자존심 경쟁까지 한다. 현장의 교사는 문제점을 알면서도 전가의 보도인 반복 학습을 피할 도리가 없다. 입시 중심의 교육 체계는 짧은 시간에 많은 선다형 문제를 풀어야 하는 평가 제도를 만들었다. 이래서는 '기-승-전 반복 학습'이 될 수밖에 없는 구조이다.

학교에서는 인류의 성취 일부를 선별해서 가르친다. 그중에는 구구단처럼, 외워두면 두고두고 사용하며 수고를 줄일 수 있는 것이 있다. 그러나 배우고 나서 그 기본 원리나 해결의 논리적 과정은 간직하되 세부 내용은 잊어버려도 무방한 것도 있다. 필요할 때 인터넷이나 책에서 찾아보거나, 논리적 사고의 과정을 통해 재현할 수 있다면 족하다. 컴퓨터에 능해 검색을 잘하는 것과는 달라서, 지식의 상호연계라는 큰 그림을 가지고 무엇을 찾아야 자신의 문제를 해결할 수 있는지를 이해하는 게 더 중요하다.

전문가와 보편가

전문가specialist는 한 우물을 파서 특정 분야에서 일가를 이룬 사람이다. 자기 분야의 전문성으로 문제를 해결하고 새로운 지식을 창출하며 미지의 영역을 탐험한다. 대중적 인지도가 높은 노벨상은 전문가들의 성취를 인정해주는 상이다. 여러 영역의 전문가들이 항상 조화롭게 협력하는 것은 아니라서, 이들에게 적절한 역할을 맡기고 그들의 지적 생산품을 효과적으로 활용하는 것은 통상적으로 좋은 지도자의 덕목 중 하나로 꼽힌다.

만능가 또는 보편가universalist는 분야의 경계에 제한을 받지 않고 여러 분야를 넘나든다. 고대 그리스에서는 철학자와 수학자와 과학자의 경계가 분명하지 않았으니 보편가들의 세상이었다. 피타고라스나 플라톤은 이런 보편가로서의 재능을 선명하

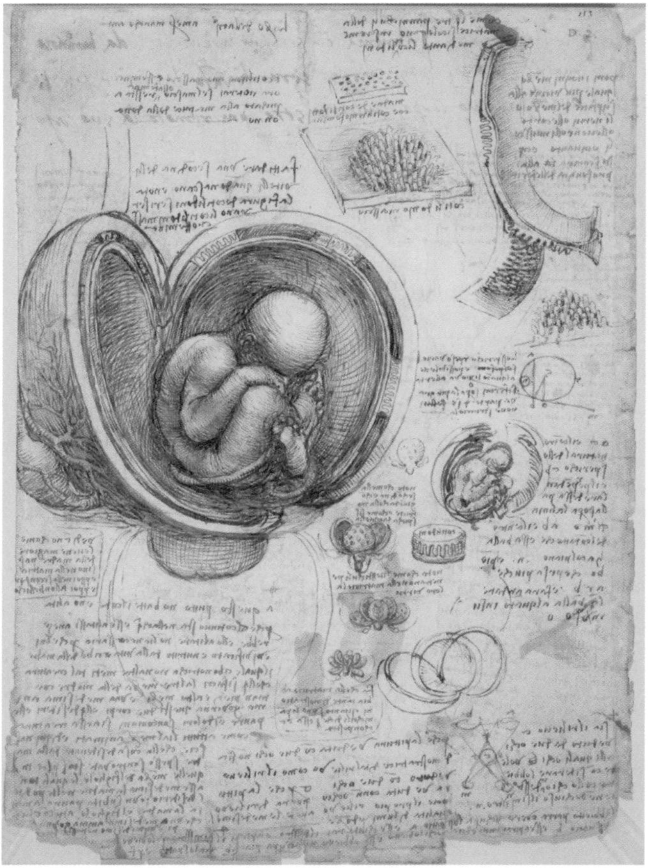

레오나르도 다빈치는 화가이자 조각가이자 수학자이자 과학자였다.
그는 인체를 잘 그리려고 하다가 해부학의 전문가가 되었다.

게 보여준다. 고대 알렉산드리아 시대의 아르키메데스는 그 박학다식함에 어안이 벙벙할 정도인데, 고상한 지식도 인간의 삶을 향상시키는 데 사용되어야 한다고 믿었다는 점에서 조선의 정약용과 비교할 만한 인물이었다. 중세 유럽에서도 이러한 전통은 상당히 지속되어 레오나르도 다빈치나 블레즈 파스칼처럼 미술가이자 수학자이고 과학자인 사람들이 출몰했다. 당시의 기준으로는 이런 분야들이 자연스레 연결되어 있었다. 다빈치는 인체를 잘 그리려고 하다 보니 해부학의 전문가가 되었고, 파스칼은 풍경을 잘 그리려고 하다 보니 원근법의 원리를 사영기하학으로 발전시켰다. 이건 수학사에서도 중요한 의미를 갖는데, 파스칼은 모든 선분이 유한한 유클리드 기하학에서 벗어나 '무한'의 개념을 기하학에 도입해야 여러 모순적 상황을 해결할 수 있다고 각성한 것이다.

지식의 총량이 폭발할 지경인 현대에는 이러한 보편가의 전통이 계속되기 힘들다. 보편가라고 하면, 당연히 특정 분야에 국한했을 때는 그 깊이가 얕을 것이고 전문성이 필요한 영역에서는 훈수꾼 역할에 그칠 테니까.

그러나 세상에 예외는 항상 있다. 20세기 마지막 보편가라고 불리는 존 폰 노이만John von Neumann은 전설적인 수학자로서 대수학과 해석학의 대가였다. 그의 연산자 이론은 양자역학의 주

©Wikipedia

2006년 필즈상을 받은 수학자 테렌스 타오.

요 도구가 되어 물리학자들의 언어가 되었다. 게임 이론을 발전시켜 경제학에 지대한 영향을 미쳤으며, 컴퓨터 개발의 선구자였다. 원자폭탄을 개발한 맨해튼 프로젝트의 주 멤버였으며, 수소폭탄 개발의 주역이었다. 각각의 성취만으로도 해당 분야 최고의 성취로 길이길이 남을 만한 수준이다.

지구에서 IQ가 가장 높은 사람으로 거론되곤 하는 테렌스 타오는 조화해석학 연구로 박사학위를 받았으며, 정수론에 무작위성을 도입하여 2006년 필즈상을 받은 수학자이다. 러시아 수학자 그리고리 페렐만은 클레이 재단이 100만 달러의 상금을 건 밀레니엄 문제 '푸앵카레 추론'을 난해한 개념을 사용해서 풀어냈는데, 이 분야 전문가도 아닌 타오는 이에 대해서도 통찰력 가득한 강의를 펼쳐낸다. 그의 천문학 대중 강연은 지금도 명강으로 회자된다. 수학자들 사이에는 '수학 연구를 하다가 난관에 봉착해서 진전이 없으면 가장 좋은 해결책은?'이라는 퀴즈형 농담이 있는데, 답은 '테렌스 타오가 그 문제에 관심 갖도록 설득하면 된다'이다. 타오가 그 문제가 흥미롭다고 생각하면 그건 풀린 것이나 마찬가지라는 것이다. 이 농담은 1978년 필즈상을 수상했던 프린스턴 대학교의 찰스 페퍼만 교수가 대학원생 시절의 타오를 'Mr. Fix-it(해결사)'이라고 평한 것에서 비롯된 것 같다. 특정인에 대한 이런 무한 신뢰라니…. 스물여섯 살에 UCLA의 정교수가 된 이 사람은 보편가의 범주에 올릴 만하다.

타오 교수는 한국과도 인연이 깊다. 부인이 한국인이어서 여러 번 한국을 방문했는데, 그때마다 영감 넘치는 강연으로 젊은 수학자들과 소통하곤 했다. 그의 강의를 듣다 보면, 문제를 잘 푸는 젊은 천재라는 선입견이 부질없음도 금방 깨닫는다. 깊이 있는 사색을 통해서만 나올 수 있는 통찰이 강연 곳곳에서 튀어나오니까.

이런 천재들의 무용담은 강 건너 얘기 같아서 우리 같은 범인과 연결점이 없어 보인다고? 기존 직업들이 없어지고 새 직업이 출현하는 일이 상시적으로 일어나는 시대가 도래했으니, 한 분야의 전문가로 맞춤형 교육을 받았다가 그 직업이 없어지면 낭패가 된다. 그래서 맞춤형 교육은 위험하고, 필요할 때 새로운 분야에 진입이 가능한 정도의 소양은 이제 필수가 됐다. 지식의 총량이 걷잡을 수 없이 커지고 있는 이 시대에는, 역설적으로 보편가가 살아남을 가능성이 높은 것이다.

지식의 시대 저물다

21세기를 정보화 시대라거나 지식기반사회라고 표현하곤 한다. 정보가 넘쳐나고 새로운 지식이 만들어지는 속도가 가속화되고 있다는 주장에 이의를 제기하기 힘들다. 하지만 역설적으로, 그래서 21세기는 지식의 시대가 아니다. 얼마나 많이 아는가는 오히려 덜 중요해졌다. 지식의 총량에 비교하면 개인 간 지식의 차이는 미미할 뿐이니까. 유리수로 비유하자면 분자는 예전과 비슷한데 분모가 턱없이 커진 것이다.

21세기는 데이터의 시대도 아니다. 2015년 IBM 보고서에 의하면 매일 책 5조 권 분량의 새로운 정보가 세상에 쏟아지고 있다고 한다. 쏟아지는 데이터는 그 자체로는 의미 없는 숫자들일 뿐이라서, 그 속에 숨어 있는 의미를 읽어내지 못하면 쓸데

바야흐로 지식의 시대는 저물고 통찰의 시대가 왔다.

가 없다. 결국, 21세기는 '지식 과잉'과 '무한 정보'로 요약된다. 방대한 지식과 데이터에 묻혀 길을 잃는 게 아니라, 데이터의 함의를 읽어내며 닥친 문제의 본질을 보고 해결하는 능력이 시대를 이끌게 될 것이다. 나이팅게일은 총칼이 아니라 위생 문제가 젊은 병사들의 사망의 주원인임을 전쟁터의 사망자 데이터로부터 읽어냈다. 데이터로부터 그 뜻을 읽어내는 것을 통찰이라고 한다면, 바야흐로 지식의 시대는 저물고 통찰의 시대가 온 것이다.

통찰은 지식을 수평적으로 나열하는 게 아니라 계층적으로 분류하는 능력이다. 방대한 지식을 습득해서 수평적으로 나열해 머릿속에 보관하면, 지식 사이의 상호연계나 맥락이 보이지 않는다. 주요 키워드인 총론과 그에 속하는 각론을 여러 단계로 계층적으로 분류할 수 있으면, 자기 앞에 닥친 문제의 맥락을 이해하고 그 상위 가치와 하위 지식의 연계가 보인다. 또 필요한 지식을 파악해 학습할 수 있다.

그러니까 얼마나 많이 아는가가 아니라, 닥친 문제의 본질을 읽어내고 필요한 지식을 그때그때 학습할 수 있는 능력이야말로 혁신가의 자질이 됐다. 흔히 말하는 창의적 사고나 논리적 사고는 이런 통찰력의 주요 요소가 된다. 이는 우리 아이들이 살아갈 미래에서 가장 중요한 자질이고, 공교육이 집중해야 할

부분이다.

교육과정 내용을 축소하고, 토론과 개별 활동을 통해서 창의적 사고를 길러야 한다는 주장도 있지만, 교과과정은 생각의 재료임을 상기하자. 풍성한 재료가 빠진 단순 토론은 겉만 맴도는 공허한 말장난이 된다. 유치한 동의어의 자기 반복에 머물고, 벽을 깨고 넘어가지 못한다. 단순한 문제 풀이의 반복은 줄이되, 논리적 사고와 깊이 있는 토론이 얼마나 유용한지 체득할 수 있도록 교육이 변해야 한다.

지식전수형 교육은 학생들을 예측 가능한 범주에서만 기능하게 하고, 예측을 넘는 나비효과의 영역에서는 무장 해제시킨다. 영화 〈마션〉에서는 화성에 고립된 주인공이 자기만의 방식으로 물과 식량을 조달하고 지구와 통신할 방법을 찾는 과정이 묘사된다. 생각의 힘을 키우는 교육은 이런 창의성과 생존 능력을 주요 목표로 한다. 새로운 지식을 습득하는 능력, 새로운 영역에서 전문성을 터득해내는 능력, 이것이 미래 교육의 핵심이다.

기하학자 유클리드,
할리우드에 진출하다

"고대 그리스의 기하학자 유클리드가 실재했던 인물이 아니라는 설이 있던데 사실인가요?" 어느 강연 자리에서 난데없이 받은 질문이었다. 이거 참 어쩌나. 역시 음모론은 어느 시대에나 있는 법이고, 그래서 사람들의 심장을 뛰게 한다.

답부터 말하자면, 이런 주장이 있는 건 사실이다. 유클리드 개인에 대한 자료가 거의 남아 있지 않아서다. 흔히 유클리드 전과 후의 많은 그리스 철학자들에 대해서는 전기 수준의 상세한 기록이 있는 점과 대비된다. 각종 문헌에는 『원론*Elements*』의 저자 정도로 짧게 기록되어 있어서 궁금증을 더한다.

알렉산드리아 초기의 수학자 유클리드(그리스어로 '에우클레이데스'라고 불린다. 유클리드는 영어식 이름이다)는 그 이전부터 내려오던 수학을 집대성해서 『원론』을 집필했다. 흔히 '기하학 원론'이라고 알려져 있지만, 대수를 포함해서 당대의 수학 전 분야를 다루는 책이다. 음모론은, 유클리드가 실재했던 개인의 이름이 아니고 『원론』을 저술하기 위해 모인 하나의 팀을 부르는 명칭이라고 추정한다. 『원론』이 한 개인이 저술하기에는 너무 거대했기 때문이기도 할 것이다.

이 주장은 널리 받아들여지고 있지는 않지만, 그룹에 의한 집필이 역사상 유례가 없는 건 아니다. 제1차 세계대전이 끝나고 폐허가 된 프랑스 수학을 재건설하려고 뭉친 '부르바키' 같은 익명의 수학 저술 그룹이 그 예다. 너무나 성공적이어서 프랑스를 넘어서 세계 수학의 흐름을 바꾸는 수준으로 활동했다. 정체가 외부에 공개되지 않은 익명의 수학자들이 모여서 난상토론 방식을 통해서 수학의 전 분야에 대한 체계적이면서 통찰력이 가득한 책들을 만들어냈다. 그들은 개인의 이름을 누락하고 니콜라 부르바키라는 필명으로 이 책들을 출간해서, 많은 이들은 이 이름이 개인의 이름일 것으로 생각했다. 이제는 부르바키의 구성원이 상당수 알려져 있는데, 장 피에르 세르 등의 불세출의 수학자들이 부르바키 이름 뒤에 숨어 있었다.

고대 그리스 문명은 기원전 700년 이후에 지중해 인근의 아테네를 중심으로 발전했다. 지중해 인근에서 발전했던 다른 두 문명인 이집트 문명이나 메소포타미아 문명과 비교해서 시기적으로 꽤 늦다. 기원전 330년쯤에는 알렉산드로스 대왕이 정복 전쟁을 통해 영토를 크게 확장하더니, 그가 사망하면서 아프리카 북단의 이집트 항구도시 알렉산드리아로 그

중심이 이동했다.

고대 그리스 문명의 두 축을 이루는 아테네 시대와 알렉산드리아 시대는 유사하면서도 조금 색깔이 다르다. 아테네 시대의 대표적인 수학자로는 피타고라스와 플라톤을 들 수 있는데, 이집트와 바빌로니아의 실용적 수학에 비해서 추상적이고 철학적인 수학을 발전시켰다. 특히 대수학 대신에 모든 것을 기하학으로 보는 관점을 추구했다. 알렉산드로스 대왕의 스승으로 큰 영향을 끼쳤던 아리스토텔레스가 알렉산드로스 대왕이 죽은 지 1년 만에 뒤이어 사망하면서 아테네 시대는 종말을 고했다. 알렉산드리아 시대는 아테네 시대의 유산을 물려받고 발전시켜서 찬란한 문명의 꽃을 피웠다. 이곳에 건설된 알렉산드리아 도서관은 세계 최대 규모였고, 헤아릴 수 없는 새로운 발견이 이루어진 장소가 되었다. 아테네 시대가 철저하게 추상적인 사유에 집중한 반면에 알렉산드리아 시대에는 달까지의 거리를 재는 등 일부 실용적인 측면에도 관심을 기울였다. 아르키메데스의 업적도 이런 예로 볼 수 있다.

유클리드는 바로 이 알렉산드리아 시대의 초기에 활동한 수학자였다. 유클리드의 『원론』은 문명사에서 독보적인 위치를 갖는다. 필사본을 통해 수많은 학자들에게 지대한 영향을 끼쳤고, 인쇄술이 발명된 이후에는 대량 인쇄되어 기하학과 『원론』이 동일시되는 상황에 이르렀다. 일부 주

알렉산드리아 시대 초기에 활동한 수학자 유클리드.

장으로는, 역사상 성경 다음으로 많이 인쇄되고 읽힌 책이라고도 한다. 이렇게 대단한 유클리드 『원론』에도 없는 것이 두 가지가 있다. '무한'이 없고 '0(없음)'이 없다.

불교와 힌두교에 기초한 인도 문명은 이미 기원전 10세기경에 무한의 개념을 알고 있었지만, 고대 그리스 문명은 무한의 개념을 발견하지 못했다. 『원론』에 나오는 모든 선분은 유한한 선분이다. 그러니까 직선이 끝없이 이어지면 어떻게 될까라는 질문 같은 건 다루지 않는다. 그래서 평행한 두 선분은 만나지 않는다. 평행한 철로가 끝없이 가다가 지평선에서 만나는 일 따위는 없다. 이러한 관점은 미술에도 반영돼서 17세기에 원근법이 나오기 전까지는 그림에 거리 개념이 분명하지 않았다. 원근법의 출현에 자극받은 파스칼이 무한을 도입해서 사영기하학을 창안할 때까지 기하학에서 무한의 문제는 해결되지 못한 상태로 남아 있었다. '0', 없음, 무, 공허의 문제는 더 심각하다. 고대 그리스는 물론이고 로마 문명을 거쳐 중세까지도 유럽은 0이라는 숫자를 발견하지 못했다. 고작 자릿수 개념의 0을 사용했을 뿐인데, '없다'라는 추상적인 개념을 숫자로 표현한다는 것은 충만의 신학이라는 종교적 관점에서도 이질적인 것이었다. 인도 문명은 '무'의 개념을 7~8세기경에 발견했고, 이를 사용하여 인도-아라비아 숫자를 만들어냈다. 인도에서 만들어져 사용되다가, 이슬람교도들에 의해 지중해 지역을 거쳐 유럽으로 전해지는 데 800년 이상이 걸렸다. '무'의 개념은 르네상스 시대에 집중적으로 이루어진 문헌 번역 과정에서 유럽에 소개되었고, 15세기에 본격적으로 사용되면서 수학뿐 아니라 철학과 신학의 방향에 지대한 영향을 끼쳤다.

무한을 도입한 사영기하학이나 일반적인 공간의 문제를 다루는 리만 기하학이 출현하면서 유클리드의 한계는 분명해졌다. 특히 아인슈타인의 일반 상대성 이론은 리만 기하학의 강력한 힘을 증빙한다. 이런 한계에도 불구하고 여전히 유클리드는 위대하고, 적어도 평면 위에서의 기하는 유클리드와 동일시된다.

이런 유클리드가 할리우드에도 진출했다. 이제 애니메이션 산업의 중추가 된 기하학적 모델링은, 컴퓨터에 의한 계산적 기법을 사용한다는 차이가 있지만, 유클리드 기하학의 토대 위에 있다고 보아도 무방하다. 애플에서 쫓겨난 스티브 잡스는 픽사를 인수했고, 수학자와 전산기하학자를 다수 고용해서 애니메이션의 새로운 패러다임을 모색했다. 그렇게 만든 첫 애니메이션 작품이 〈토이 스토리〉다. 이 영화는 애니메이션의 새로운 지평을 열었다는 평가를 받았고 공전의 히트를 쳤다.

이전의 애니메이션은 솜씨 좋은 사람들이 손으로 그리는 게 주였고, 거기에 컴퓨터 그래픽스가 보조적인 역할을 했다. 픽사의 수학자들은 새로운 애니메이션 기법을 만들면서 경천동지 수준으로 이 분야를 바꾸었다. 게다가 〈토이 스토리 2〉부터는 픽사 수학자들이 새로 창안한 서브디비전subdivision 방식이라는 걸 사용하기 시작했는데, 이건 해상도 조절이 자유로워서 그야말로 애니메이션의 새로운 세상을 열었다.

사람은 그림을 눈으로 보고 시각적으로 인식하지만, 컴퓨터는 숫자로 표현되어야 이해한다. 그림조차도 그렇다. 17세기에 데카르트와 페르마가 좌표기하학을 만들었는데, 이게 시각적인 데이터를 숫자로 바꾸어주는 통로 역할을 한다. 물론 이전의 그림 그리기 방식으로도 좋은 애니메이션이 많이 나왔다. 하지만 만약 감독이 잘 그려서 만든 한 장면이 맘에 안 들어서 클로즈업하라고 했다고 생각해보자. 부드럽고 예쁘게 그려진 그림도 확대하면 직선으로 된 계단 같은 선들이 보인다. 결국 해당 장면

몇 백 장을 다시 그려야 몇 십 초 장면을 만들 수 있다.

그런데 수학을 사용하면 이걸 다시 그리지 않고도 확대된 그림을 여전히 부드럽게 표현해낼 수 있다. 보통 사람들은 그림을 최대한 세밀하고 자세한 수준까지 부드럽게 그릴 생각을 한다. 그렇게 하면 확대하고 나서도 웬만하면 부드러움을 유지할 테니까. 그런데 픽사 수학자들이 생각해낸 건 정말 발상의 전환이라 부를 만하다. 오히려 거칠게 그림을 그린다. 그러니까 동그란 그릇을 그린다고 할 때 부드러운 곡선이라기보다는 계단 같은 선들로 대강 그린 그릇 그림을 연상하면 된다. 그러고 나서는 이 거친 그림을 필요에 따라 부드럽게 바꾸는데, 이 부드럽게 만드는 과정에서 서브디비전이라고 부르는 수학적 과정을 사용한다. 이건 사람이 개입하지 않고 컴퓨터로 쉽게 할 수 있는 과정이라서 직접 사람이 그림을 그릴 필요도 없다. 즉 거친 그림에서 출발하고 나서는 감독이 원하는 만큼 확대한 뒤에 부드럽게 만드는 것이다.

단지 해상도 조절뿐 아니라, 이 방법에는 다른 장점이 또 있다. 그림의 캐릭터가 흔들린다거나, 달리는 장면이 나올 때도 거칠게 그린 그림은 흔들거나 달리게 하는 게 쉽다. 컴퓨터에서 선 몇 개만 바꾸면 되니까. 그러고 나서 역시 부드럽게 만드는 수학적 과정을 거치면 되니, 실감나는 여러 장면 연출을 다양하고 쉽게 할 수 있다.

20세기 말에 이루어진 애니메이션 산업의 혁신은 여러 요소의 결합으로 가능해졌다. 수천 년간 기하학과 동일시되던 유클리드 기하학이 기본 요소이고, 이를 숫자로 바꾸어주는 좌표기하학이 보조했으며, 이렇게 바뀐 숫자들을 실시간으로 다루며 그림으로 그려내는 성숙한 컴퓨터 기술이 옆에 있었다. 그리고 스티브 잡스는 좌표기하학을 사용해서 컴퓨터가 이해할 수 있는 형태로 그림을 표현하고 이걸 수학적으로 다루는 새로운 수학, 즉 기하 모델링이라고 부르는 수학 분야에 투자를 하고, 관련 연구자들을 모으고, 자유롭게 연구할 수 있게 해주었다. 그 무렵 그와 같은 지도자가 있었던 건 화룡점정이었을 것이다.

3장

빅데이터 시대의
시대정신

데이터를 큐레이팅하다

안젤리나 졸리는 우리 시대 최고의 배우 중 한 명이다. 미모와 연기력으로 경지에 이른 이 배우는 자해와 마약으로 점철된 험난한 청소년기를 보냈다. 하지만 진짜 반전은, 그 질풍노도의 시기에 캄보디아 난민의 삶을 목격하고 대오각성을 했다는 것이다. 졸리는 지난 15년 동안 30여 국가의 UN 난민 구호에 참여했으며, 거액을 기부했고, 구호 활동 기간엔 자신의 체류 비용 일체를 부담하면서 구호 직원들과 같은 환경에서 생활했다. 테러로 인한 직원의 죽음을 목격하고는 구호 직원이 제때 대피할 수 있도록 스스로 조종사 면허를 땄고 비행기를 구매했다. 난민 아이 셋을 입양한 여섯 아이의 엄마다.

철의 여인으로 불릴 만한 이 배우는 2014년 〈뉴욕 타임스〉에 기고문을 보내 또 다른 이슈를 만들었다. 유방암과 난소암 환자가 많은 가족력에다 높은 발암 가능성 때문에 자신은 난소 제거 수술을 받았다며, 비슷한 처지의 여성들에게 과학이 제공하는 몇 가지 선택을 알리고 싶다고 했다. 아직 암에 걸린 것도 아닌데, 여성성의 상징으로 여겨지는 신체 부위를 제거하고 젊은 나이에 스스로 폐경을 선택한 것이다. 게다가 그보다 2년 전 그녀는 높은 유방암 발병 확률 때문에 가슴 절제 수술을 받은 바 있었다.

자라 보고 놀란 가슴 솥뚜껑 보고 놀라는 과잉 의료 행위인지, 질병 발생 전에 질병을 치료하는 과학의 성취인지, 암 발생 징후가 없는데 유전자 검사를 권하는 것이 윤리적인지 등 논쟁이 이어졌다. 신문 칼럼에 BRCA1 유전자 변이 등의 설명이 나와 있지만, 같은 상황일지라도 암에 걸리지 않는 사람도 있는 게 사실이었다. 정체불명의 발암 확률에 대한 의심도 나왔다. 유방암과 난소암에 걸릴 확률이라고 하는 87%와 50%는 어떻게 나온 숫자일까? 답은 빅데이터다. 가족력을 지닌 다양한 환자 데이터와 이전 환자 데이터와 측정된 생체 데이터를 비교하여 유사성을 재는 것이다. 이렇듯 빅데이터는 심각한 의료 문제에 적극 활용된다.

시간이 지날수록 데이터는 계속 축적되는데, 무질서하고 방대한 숫자들에서 우리는 어떻게 의미를 읽어낼 수 있을까? 큐레이터는 무수한 미술 작품들을 특정 주제나 방식으로 분류하여 하나의 흐름을 갖는 전시회를 만들어낸다. 덕분에 관람자는 무심코 지나쳤던 작품들의 연계된 의미를 읽어내고 음미할 수 있다. 만약 큐레이터가 방대한 빅데이터에서도 이런 의미를 읽어낸다면 유의미한 데이터 전시회를 열어줄 수 있지 않을까?

수학자들은 이런 큐레이터가 되는 법을 알아냈다. 스탠퍼드 대학교 수학과 학과장이던 구나 칼슨 교수는 미국 연방정부로부터 1000만 달러를 지원받아 안젤리나 졸리가 접했던 방식보다 훨씬 더 정확한 발암 확률 계산법을 개발했다. 그는 제자와 함께 2008년에 미국의 스타트업 기업 아야스디AYASDI를 창업했다. 이 회사의 소프트웨어는, 비슷한 생체 데이터에도 불구하고 추가 암 검진이 필요한지 아닌지를 구별해낸다. 비슷해 보이는 신용카드 사용 패턴을 보고도 사기성 사용과 양호한 사용을 구별한다. 칼슨 교수와 제자들의 이 마술 같은 무기는 위상수학이라고 하는 순수수학 이론이었다. 이제는 '위상적 데이터 분석'이라고 불린다.

위상은 모양을 뜻하니, 거대 데이터의 모양을 보고 의미를 찾아낸다는 것이다. 이 방식은 당뇨병 데이터에도 적용됐다. 동일한 유형2 당뇨이더라도 인슐린 주사라거나 식이요법 등 서로

방대한 빅데이터에서 의미를 읽어내는 것이 중요한 시대가 되었다.

다른 치료법을 요하는 경우가 많은데, 위상수학 방식을 적용해 보니 유형2 당뇨는 여섯 개의 소유형들로 나뉠 뿐 아니라, 각 유형별로 내부 유사성이 강하다는 사실이 드러났다. 동일한 소유형별로 같은 치료법을 적용하는 새로운 치료의 패러다임이 열렸다. 데이터로부터 진단과 치료법까지, 자동으로 도출되는 무인 진단의 신세계인 것이다. 당뇨병 치료의 이런 진전이 전적으로 수학 때문이라는 것은 또 얼마나 놀라운가.

투자자들은 이 충격적 변화의 의미를 즉시 이해했고, 스타트업 기업 아야스디는 1억 달러 이상의 벤처 자금을 확보했다. 전통적인 응용수학에 속하지도 않는, 지적 유희쯤으로 보이던 순수수학이 기적을 만들었던 것이다. 우리는 이런 접근을 '산업수학'이라고 부른다.

전혀 다른 DNA를 가진 스타트업들이 세상을 바꾸는 중이다. 기존 기업의 혁신이 다분히 응용과학적인 개선이라면, 이 수학 기업들은 통찰을 즉시 상품화한다. 기초과학에서 응용성을 이끌어내는 중간 단계를 생략하니, '통찰의 상품화'라고 부를 만하다. 졸리는 기고문을 다음과 같이 끝맺는다. "지식이 힘입니다 Knowledge is power."

선거 데이터의 신호와 잡음

여러 해 전에 미국에 갔다가 여러 방송에서 단골로 나오는 얼굴을 보고 '아 선거철이구나' 하고 문득 깨달았다. 영화배우도 아니고 가수도 아닌 이 사람, 네이트 실버는 빅데이터 방식으로 선거 예측을 귀신같이 해내서 유명해진 사람이니까.

원래 실버는 야구 경기의 결과를 예측하는 야구 통계 분석 전문가였다. 통계의 경기라는 속설도 있듯이, 야구는 각종 통계에 입각해서 전략을 짜는 게 중요한 스포츠여서 이런 야구 통계 분석이 통한다. 브래드 피트가 주연한 영화 〈머니볼Moneyball〉은 이런 통계적 접근이 실제 경기 운영에서도 통할 수 있음을 보여준다. 전문적으로 야구 통계를 분석하던 실버는 같은 방식으로 선거도 예측할 수 있을 것 같아서 선거 예측을 시도했다가 대박을 터트렸다. 지난 2008년 미국 대통령 선거가 치러질 때 50개 주별로 선거 결과를 예측해서 49개 주에서 완벽히 맞힌 것이다. 이제는 정치 분석가로 대접받는 경지에 올라서 선거 때마다 언론 매체에 단골로 나오는 유명 인사가 됐다.

2012년에 나온 그의 책 『신호와 잡음*The Signal and the Noise*』은 '선거를 예측하는 수학적 방법'을 설명하는 책으로, 〈뉴욕 타임스〉 베스트셀러 15위 안에 연속 13주 동안 머물렀다. 미국은 대통령 선거를 간접선거로 치르기 때문에 절차도 복잡하고 결과를 예측하는 것도 아주 힘들다. 50개 주별로 선거인단 선출 결과를 예측해야 하는데, 주마다 전통도 다르고 절차도 다르다. 이런 악조건 속에서 실버가 2008년에 딱 하나 틀린 곳이 인디애나주인데, 이 주는 양 후보 간 격차가 소수점 이하 몇 퍼센트 정도에 불과했다. 같은 해 미국 상원의원 선거는 35곳 모두를 완벽하게 맞혔다. 이런 이유로 2009년엔 〈타임〉이 선정한 '세계에서 가장 영향력 있는 100인'에 들기도 했다. 2012년 오바마 재선 시에는 50개 주 모두에서 완벽하게 결과를 예측하는 데 성공했다. 그런데 운이 다했는지 트럼프 당선은 맞히지 못했다.

빅데이터 방식의 미래 예측은 사람들의 주관적인 생각조차도 데이터에 반영되어 그 속에 숨어 있다는 관점에서 출발한다. 아무 질서도 없이 마구잡이로 모여 있는 것처럼 보이는 데이터

©Wikipedia

수학적 방법으로 선거를 예측해 유명해진 네이트 실버.

에 질서를 부여하고 유의미한 결론을 이끌어낸다. 이 관점의 대전제는 '축적된 데이터의 풍부함'이다. 예전에는 그 정도로 방대하게 축적된 데이터가 없었다. 데이터를 쌓는 것도 공짜가 아니고, 필요성을 못 느껴 데이터를 쌓지 않았던 것이다. 그런데 하드디스크나 클라우드 같은 정보 저장 장치들이 엄청나게 저렴해져 비용을 걱정하지 않게 됐다. 게다가 이렇게 쌓인 데이터로부터 결론을 이끌어내는 수학 이론이 크게 발전하면서 상황이 바뀌기 시작했다. 데이터가 많이 쌓였고, 그것을 분석하는 수학이 발전해서 쌍두마차가 완성된 것이다.

오스카상에도 비슷한 방식을 적용해볼 수 있다. 매년 초가 되면 누가 오스카상을 받을지 설왕설래가 오가고 시상식은 축제처럼 진행된다. 시상식장을 채운 배우들의 화려함은 눈을 즐겁게 하고, 수상작의 면면을 통해 보이는 영화 산업의 흐름은 시대의 흐름을 읽는 단초가 된다. 오스카상은 개인의 영예를 넘어서 수상자들이 더 나은 환경에서 자신의 작업을 계속하는 힘이 된다. 영화뿐이랴. 비범한 업적에 상을 주고 격려하는 노벨상의 계절이 되면 같은 이유로 온 세계가 발표에 귀를 기울인다.

호사가들의 예측 경쟁 속에 오스카상은 시상식 당일에 깜짝 발표된다. 2016년 하버드 대학교 수학과를 졸업한 벤 자우즈머Ben Zauzmer는 대학 입학 후 매년 오스카상을 예측하고 있는데,

항상 75% 이상의 정확도를 보였다. 2015년엔 물이 올라 24개 부문에서 21개를 맞혀 88%의 적중률을 기록했다. 심사 위원들의 성향을 분석하는 걸까, 아니면 어떤 선정 법칙이 있는 걸까. 그는 일절 개인적인 견해나 '감'을 사용하지 않고 데이터와 통계만을 사용했다.

먼저 각 범주별로 역대 오스카에서 영향을 끼쳤던 요소들을 찾는다. 평론가의 평점이나 타 영화상 수상 여부 같은 건데, 예상인자라고 부른다. 그러고는 이 요소들이 예전 오스카상에서 어느 정도의 무게를 발휘했는지, 즉 어떤 예상인자가 더 중요하고 덜 중요한지를 숫자로 쓴다. 적중률이 높았던 2015년에도 24개 부문에서 3개는 맞히지 못해서, 편집상과 음악상 및 장편 애니메이션 작품상은 2위로 예측된 후보가 받았다. 이처럼 빅데이터 방식의 미래 예측은 패턴과 확률 예측이지 점쟁이가 미래를 확언하는 것과는 다르다. 물론 앞으로 예상인자에 관한 데이터가 더 쌓이고 축적되면 정확도는 더 올라갈 것이다.

오스카상의 부문별 후보들을 조합하면 다양한 시상식이 연출된다. 작품상에 〈레이디 버드〉, 감독상에 〈인터스텔라〉 같은 식으로 21개 부문마다 후보 하나를 추측하면 하나의 시상식이 되는데, 후보들을 이리저리 조합해보면 전혀 다른 시상식 시나리오들이 생긴다. 그런데 그 경우의 수가 상상을 초월한다. 각

부문별로 후보가 5개씩 있다고 하면, 21개 부문에서 상을 수여하는 경우 470조 개 정도의 가능한 시나리오가 생긴다. 그러고는 각 시나리오별로 예상인자들이 어떻게 분포할 거라는 걸 계산해내고, 실제로 조사한 데이터가 어떤 분포에 가장 가까운지를 최적화 이론으로 계산한다.

이렇게 계산해낸 '가장 유사한 시나리오'가 밖으로 나타나는 것은 마치 마술 같은 예언으로 보인다. 아무리 요즘 컴퓨터가 빠르다지만, 470조 개를 다 고려해서 실제 조사한 데이터와 가장 가까운 시나리오를 찾는다는 게 가능할까? 물론 슈퍼컴퓨터도 불가능하다. 고작 오스카상 예측에 이런 방대한 계산을 해야 하는데, 선거 예측이나 새로운 상품 개발에 참고할 만한 '소비자 선호도 예측' 같은 것은 더할 수밖에. 생체 데이터를 모아서 암에 걸렸는지 판단하는 무인 의료진단 같은 건 아예 딴 세상 얘기다.

방대한 데이터로부터 유의미한 결론을 끄집어낸다는 게 매력적으로 들리지만, 과연 어떤 수학을 써서 이렇게 불가능에 가까운 복잡한 계산을 해내는 걸까? 여기에는 수학의 최적화 이론이 주효하게 쓰인다. 이 분야는 '한 점에서 다른 점까지 가는 제일 빠른 길이 무엇인가?' 같은 질문을 다루는 분야다. 통상적으로, 이 질문의 답은 '두 점을 잇는 직선'이다. 다른 곡선으로 된

길은 더 길 테니까. 그렇지만, 두 점 사이에 깊은 웅덩이가 있다면 직선 길이 없을 테니 답이 바뀐다. 복잡해 보이는 장애물을 피해서 가장 빠른 길을 찾는 이런 문제는 중고등학교 수학에서도 다루는 문제다.

기업에게는 '제품을 얼마나 생산할 때 기업 이윤이 가장 클까?'가 중요한 문제다. 생산 비용과 판매 가격에 경쟁까지 고려해야 하니, 너무 적게 생산하면 비용이 오르고 많이 생산하면 가격이 폭락한다. 이런 문제도 최적화 이론의 범주에 속한다. 최적화 이론이란 게 예전에는 미적분을 주로 사용했지만, 이후 조합론적 최적화라는 분야가 등장했다. 가능성 없는 시나리오를 파악해서 없애버리기도 한다. 여기에는 무작위로 일부만 뽑아 고려해서 시나리오를 줄이는 몬테카를로 방식이나 기계 학습이 주효하다. 이런 방식이 놀랍긴 하지만, 그래도 좋아하는 후보가 선정되길 응원하는 즐거움을 포기할 수 없음은 물론이다.

선거 예측을 하려면, 선거에 영향을 끼치는 다양한 요소들을 측정하고 나서 현재 상황과 가장 유사한 이전 상황을 찾아내야 한다. 인터넷 검색도 흡사하다. 그러니 예측이나 검색이란 게 모두 가장 유사한 것을 찾는 과정이고, 그래서 최적화 이론의 적용 대상이 되는 것이다. 해외에서는 각종 수치화된 데이터로 선거 결과를 예측하는 게 유행한 지 꽤 됐지만, 아직 우리나라에서는 광범위하게 쓰이는 것 같진 않다. 우리나라의 문화와 사회적 상황까지 반영하는 예측 모델이 조만간 나올 건 분명해 보인다.

SNS와 음모론

요새 농담 중에 '죄 짓지 말아야 하는 이유는?'이라는 게 있는데, '감옥에 가면 인터넷을 못 쓰게 하니까'가 답이라고 한다. 우리 삶에서 인터넷을 쓸 수 없다는 것이 공포감을 줄 정도로 인터넷은 필수적인 게 돼버렸다.

이렇게 삶에 없으면 안 되는 인터넷을 사람들은 어떤 용도에 쓸까? 많은 이들이 꼽는 가장 중요한 용도는 단연 SNS, 즉 사회연결망 서비스의 사용이다. 한때 대세이던 트위터는 이젠 시들해졌다는 얘기도 들리고, 페이스북은 아직 여전한 인기를 누리지만, 대세는 시각적인 소통을 즐길 수 있는 인스타그램 등으로 옮겨지고 있다고 한다.

어쩌면 우리는 일종의 집단적 소통 중독증에 걸린 건지도 모르겠다. 영화 〈마션〉에서 화성에 고립된 주인공 맷 데이먼이 취향에 맞지도 않는 디스코 음악이라도 열심히 듣는 장면은 그래서 수긍이 간다. 중독에서 벗어나기 전에 겪곤 하는 '금단 현상'과 유사한 게 아닐까?

자연스레 SNS는 개인적 소통의 채널을 넘어서 여론이 모이고 형성되는 길이 되었다. 그러다 보니 사실과 소문이 섞여서 온갖 음모론도 돌아다닌다. 한동안 나돌았던 정체 모를 글 중에 일부는 상식과 달라서 우리를 혼란에 빠트리기도 했다. 제목부터 생경하고 강하다. 예를 들면, '현미는 사람을 천천히 죽이는 독약이다', '배추김치를 먹으면 머리가 나빠진다', '두부 먹으면 몸이 썩어 죽는다', '압력밥솥에 지은 밥은 죽음의 물질이다'. 하지만 사람들의 공포심을 타고 빠르게 전파되곤 하는 이런 주장들은 대부분 샘플 크기가 작아서 통계적 처리의 관점으로 보면 무의미한 주장들이다.

한동안 회자됐던 음모론의 백미는 미국의 아폴로 유인 우주선의 달 착륙 장면이 조작됐다는 것이었다. 사실 이 주장은 꽤 오래전부터 나온 것인데, 냉전 시대 구소련의 스푸트니크 우주선 발사로 자존심에 상처받은 미국 정부가 조작을 감행했다는 의심에서 출발했다. 그 뒤로 과학적으로 보이는 근거를 덧붙여 가며 진화했고 여러 버전이 출현했다. 유명한 버전은 영화감독

이제 SNS는 개인적 소통의 채널을 넘어 여론이 모이고 형성되는 길이 되었다.

인 스탠리 큐브릭이 사망 전에 찍은 것으로 보이는 인터뷰 동영상이었다. 큐브릭이 조작된 착륙 동영상을 제작한 실행자가 자기였다고 고백하는 인터뷰여서 화제가 됐다. 하지만 큐브릭의 가족과 지인들의 사실 확인에 따르면, 그 동영상 인터뷰는 비슷한 외모를 가진 배우를 출연시켜 연출한 허위 인터뷰였다.

'좋아요' 기능이나 공유 기능을 통해서 순식간에 퍼져나가는 SNS의 특징 때문에, 앞으로도 근거 없는 음모론은 더 기승을 부릴 것이다. 결국, 사용자는 광범위한 데이터를 이해하고 사실과 소문을 구별하는 눈을 가져야 한다. 비판적 시각과 검증의 잣대로 무장해야 하고, 방대한 정보의 바다에서 논리적인 생각에 기대어 홀로 항해할 수 있어야 한다.

고대 아테네의 수학자이자 철학자인 플라톤은 이데아의 세계를 들여다보는 비밀을 수와 기하학에서 찾았다. 그에게 수와 기하학은 진리에 가장 가까운 것이자, '피안의 세계'로 인도하는 것이었다.

반면에 현대의 우리는 수數에 치여 산다. 아무런 의미도 없는 방대한 데이터에 둘러싸여 헤매고, 넘치는 통계의 홍수 속에서 서로 다른 해석들의 충돌을 목도한다.

그러니 제멋대로 보이는 방대한 데이터에서 질서와 의미를 읽어낼 수 있다는 관점의 출현은 얼마나 놀라운가. 빅데이터와 수학의 결합은 그래서 경이에 가깝다. 이러한 관점은 우리가 음모론에 속수무책으로 휩쓸리지 않도록 보호해줄뿐더러, 종종 시대의 흐름에 대한 새로운 통찰을 제공한다. 플라톤이 이미 간파했던 것처럼, 수와 논리는 감성적 사고의 대척점에 있는 게 아니고 그 한계를 보완하고 설득력을 더하는 동반자로 기능한다. 이미 우리 곁에 와버린 빅데이터 시대는 이러한 관점으로 인공지능의 개념조차 바꾸어버렸고, 구글 같은 데이터 회사가 무인자동차의 선두주자가 되는 것을 가능하게 했다. 방대한 데이터에서 의미를 이끌어내는 능력은 이제 이 시대의 경쟁력이 되었다.

빅데이터와 직접민주주의

세계의 부자 순위를 매기는 미국 경제 잡지 〈포브스〉의 순위표에서 2016년 10월 세계 최고의 부자는 의류업체인 자라Zara의 창업자 아만시오 오르테가Amancio Ortega였다. 슈퍼 부자 순위란 게 엎치락뒤치락하기 때문인지, 2018년 3월 기준으로는 세계 6위였다. 자라는 88개 국가에 2100개의 매장이 있는 세계 최대의 의류업체이며, 우리나라에도 43개의 매장이 있다. 그래봤자 옷 가게 아닌가. 숱하게 많은 옷 가게 중에 오르테가의 자라는 왜 이렇게 성공했을까.

여러 전문가들은 그 이유로 인스턴트 패션과 소량다종 생산의 효율성을 든다. 예전의 패션 산업은 엘리트 디자이너의 통찰과 영감으로 주도되는 것이었다. 한 시즌이 시작되기 전에 유명

©Wikipedia

트렌드 분석을 바탕으로 소량다종 생산을 지향하는 의류업체 자라.

디자이너가 유행할 옷의 디자인을 제시하면 그것을 대량생산해서 팔았다. 다른 방법이 없을 것 같은데, 오르테가는 이걸 뒤집어엎었다. 보통 사람들의 기호와 바람을 파악하고 그들의 필요를 채워준다는 시각으로의 변화다. 전지전능한 지도자가 방향을 제시하는 대신 소비자들이 방향을 제시하는 것이니, 패션 민주주의라고 할 만하다.

어디선가 본 것 같은데Déja vu. 이 과정은 인류 문명에서 관찰되는 엘리트주의와 민주주의의 상호극복 과정을 닮았다. 고대 아테네의 아크로폴리스는 누구나 자신의 의견을 밝힐 권리를 가진다는 '직접민주주의'를 상징한다. 하지만 이게 그리 단순하진 않아서, 엘리트주의자들과 민주주의자들의 대립과 갈등은 고대 그리스 곳곳에서 관찰된다. 직접민주주의가 궤변과 혼란을 방치한다는 것을 간파한 소크라테스는 지적 소양을 가진 귀족이 통치해야 한다고 믿었는데, 요즘 말로 하면 그는 엘리트주의자였던 셈이다. 이런 이유로 반대자들이 권력을 잡았을 때 소크라테스는 독배를 마시는 사형을 선고받았다.

소크라테스의 영향을 받은 플라톤은 철인정치를 얘기하면서, 철인 왕은 20세에서 30세까지 산술, 평면기하학, 입체기하학, 천문학, 화성학을 교육받아야 한다고 했다. 권력을 갖기 위한 소양을 강조한 것이다. 플라톤은 나중에 아카데미를 창립하고 철학과 기하학 연구를 하면서 아리스토텔레스와 같은 엘리트들을 길러냈고, 후에 아리스토텔레스는 정복왕 알렉산드로스의 스승이 되어 철인정치를 구현했다.

인구가 늘면서 직접민주주의가 불가능해진 현대에 와서는 대의민주주의가 이를 대체했다. 엘리트의 역할에 기댈 수밖에 없는 이런 구조는 정치의 영역뿐 아니라 삶의 많은 영역에서 공고해졌다. 자라는 패션의 영역에서 이걸 바꾼 것이다. 이는 빅데이터의 활용으로 보통 사람들의 기호와 바람을 파악하는 게 가능해진 탓이 크다. 트렌드 분석이 끝나면 개인 디자이너의 작업이 아니라 여러 디자이너들의 집단적 작업을 통해 신속하게 제품을 시장에 내놓을 수 있다. 철학의 변화가 이를 가능하게 하는 기술적 도구의 출현으로 구현된 것이다. '패션의 직접민주주의 구현'으로 불러도 손색이 없다.

빅데이터 시대의 도래는 단순한 기술적 진보를 넘어 훨씬 더 큰 함의를 갖는다. 방대한 데이터에서 의미를 읽어내는 수학적 방식의 진보는 엉뚱하게도 사회적 변혁을 이끌어내는 중이다. 예전에는 굉장히 많은 사람들의 의사를 파악하는 게 불가능했지만 이제는 다양한 사안에 대한 사회 구성원들의 의사 표현을 실시간으로 파악할 수 있다. 영웅이 이끄는 시대에서 참여민주주의 시대로 변화할 수 있는 기술적 토대가 마련된 셈이다. 사회 구성원들의 다수 견해가 변화를 이끌면서, 대중은 계도의 대상이 아니라 시대를 이끄는 주체가 되었다. 계몽주의의 그림자가 드디어 걷히는 중이다.

자라의 성공은 미래 인재의 모습에도 시사점을 갖는다. 패션산업의 사례를 주의 깊게 들여다보면, 일자리와 능력 간의 미스매치(불일치) 문제가 분명해진다. 패션 회사에 입사한 신입 직원이 다음 시즌을 위한 디자인을 맡았다고 하자. 자신의 취향에 따른 창의적인 디자인을 제출하는 게 통상적인 일일 것이다. 그러나 자라의 창업자 오르테가의 관점에서 이 직원은 자신의 안목을 앞세우는 영웅일 수는 있어도 회사가 바라는 인재는 아니다. 잠재 고객들이 무슨 영화를 보고 무슨 음식을 먹는지 등 라이프 스타일을 유추할 수 있는 각종 자료를 모으는 것부터 하는 건 어떨까. 이로부터 합리적 추론의 과정을 거친 다음 패션에 관한 '의미'를 이끌어내서 수요자들이 원하는 디자인을 탄생시키는 사람이라면 패션 민주주의의 기수라고 할 만하다.

시장이 요구하는 인재는 이런 문제 해결력을 갖춘 사람이지만, 실제로 일자리를 찾는 젊은이들은 스펙 갖추기에 올인한다. 하지만 스펙은 문제 해결력의 측정 도구로서만 의미가 있다. 그리고 그 관련성의 정도는 점점 미미해지고 있다. 교육의 변화가 일어나지 않는다면 이런 미스매치는 더 심화되지 않을까.

4장

몰입과 개방성

밥 딜런의 몰입과 존 바에즈의 개방성

1989년인지 1990년인지, 그즈음 미국 U.C. 버클리의 학교 식당. 예전에 같은 기숙사에 살면서 알게 된 두 명의 친구를 만났다. 한 명은 중국계 미국인 여학생이었는데, 그날 저녁에 자기가 너무나 좋아하는 영국인 작가가 팬미팅 겸 신간 출간 기념 겸 해서 동네 서점에 올 거라고 들떠 있었다. 무식한 너희는 이런 데 가서 교양을 쌓아야 한다는 강권에 딱히 반박할 말이 없던 다른 두 명은 왜 가는지도 모르고 그 서점에 끌려갔다.

영국 작가라더니 생김새와 이름이 일본계였고, 신간 제목은 'The Remains of the Day'였다. 간단한 강연도 들었다. 이왕 왔으니 저자 서명을 받는 게 예의라고 하길래 책을 사서 서명을 받았다. 그러고 난 뒤 군 복무 때문에 휴학하고 한국으로 귀국

존 바에즈와 밥 딜런.

했을 때 그 책을 한번 번역해보기로 했다. 제목을 '그날의 흔적'으로 하고 꽤 번역을 했는데, 그러다 군 소집 영장이 나오고 바빠지면서 어딘가에 던져두고 잊어버렸다.

맙소사, 이 저자가 2017년 노벨문학상을 받은 가즈오 이시구로Kazuo Ishiguro다. 평생 어떤 책을 번역해서 출간해보고 싶었던 적이 딱 한 번뿐이었는데, 그게 노벨 문학상 수상 작가의 대표작이라니. 그때 번역을 마쳐서 출간했더라면 어땠을까. 어쩌면 작품 선정에 대한 '촉'이 좋은 파트 타임 번역가로 제법 알려졌을 수도 있으려나.

당장의 내 일에만 빠져 지내지 않고 세상에 대한 관심을 열어둔다는 게 상상해보지 못한 가능성을 열어준다는 건 틀림없는 것 같다. 그런데 저자 서명을 받은 그 책은 어디 있는 거지. 집을 다 뒤집어보았지만 아직 찾지 못했다.

2016년 노벨상 발표는 뭔가 유난했다. 과학자에게도 생소한 위상位相물리학에서 물리학상 수상자가 나온 것도 그랬지만, 사람들을 멍하게 만든 백미는 단연 문학상이었다. 물리학상 업적은 너무 난해해서 언론에 덜 소개됐다고 하더니, 문학상 업적은 너무 잘 알려진 것이라서 노벨재단과 수상자의 통화 불발 같은 가십거리 말고는 새로운 기사가 별로 없었다.

맙소사, 기타를 들고 '친구여, 대답은 부는 바람 속에 있다네'

를 노래하던, '우리 승리하리라'를 부르던, 밥 딜런이라니. 통기타에서 전자기타로, 저항 음악에서 가스펠로, 평생 변화와 실험을 마다하지 않으면서도 세상과 일정 거리를 두고 산 사람. 이단아의 생각과 아웃사이더의 언행을 가진 사람. 그런 그가 그해 가을날에 문학의 범주에 대한 새로운 물음을 묵직하게 던지며 많은 이들을 상념에 빠뜨렸다.

이런 가운데 연락이 안 되는 딜런에 지친 기자들이 딜런 주변 사람들을 찾아나서면서 딜런의 옛 연인 존 바에즈의 근황이 언론에 소개되기도 했다.

한때 뭇 남자들의 로망이던 바에즈는 지금도 활발하게 사회 참여 활동을 하고 있었다. 바에즈의 일관성에 비해서, 딜런은 은둔과 사회 참여 사이에서 줄타기를 하며 평생을 보냈다. 바에즈가 동료들과의 협업과 개방성에 기대서 작업하는 인간이라고 한다면, 딜런은 번뜩이는 천재성으로 혼자 작업하는 몰입형 인간으로 볼 수 있겠다.

난상토론의 협업, 부르바키

지적 작업에서 개방성과 몰입의 대비는 오래된 화두다. 지금은 팀워크와 소통이 개인의 한계를 돌파하는 동력이 된다는 '개방성의 관점'이 대세로 자리 잡아, 업무 공간에서 칸막이를 없애는 기업이 늘었다. 이러한 소통과 협업이 각 구성원의 총합을 넘어서는 시너지를 만들어내거나 예상을 뛰어넘는 창의성의 원천이 된 사례는 전설처럼 회자된다.

그 한 예로, 1930년대 중반에 일단의 프랑스 젊은 수학자들이 결성한 비밀결사 '부르바키'를 들 수 있다. 제1차 세계대전에서 많은 과학자를 잃은 프랑스는 대학에서 가르칠 사람이 부족한 것을 넘어 지식 전달 시스템 자체의 위기를 겪고 있었다. 다른 유럽 국가들은 전쟁 기간에 과학자의 특별한 재능을 활용하

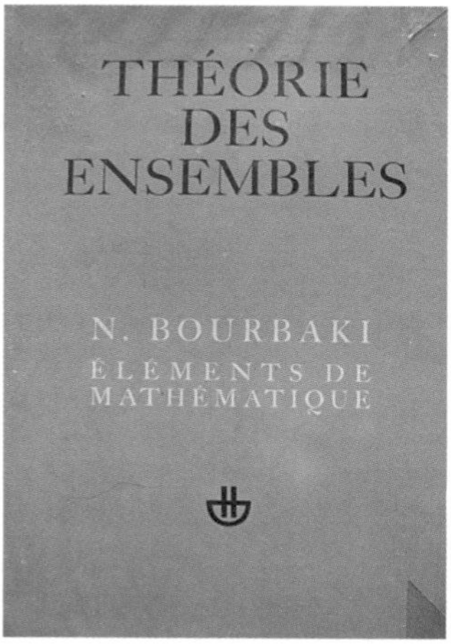

©Wikipedia

부르바키의 『수학 원론』 초판(1970).

는 방법으로 과학자를 봉사시켰지만, 프랑스는 평등의 원칙을 엄격히 지켜서 군 복무를 특수 역할로 대신하는 것을 허용하지 않았다.

프랑스 정치 지도자들을 배출해온 고등사범학교École Normale Superieure의 경우, 재학생의 3분의 2가 전쟁 중에 사망했다고 한다. 가히 노블리스 오블리제다. 전쟁이 끝나자 그 파장이 몰아쳤다. 프랑스는 주춧돌 역할을 할 젊은이들이 사라진 국가가 된 것이다. 프랑스 대학교에서는 젊은 교수를 보기 힘들었고, 대부분의 교육은 은퇴 연령에 가까운 노교수들이 담당했다. 학문의 전달 과정에서는 공백이 발생했고, 박사학위를 받고 강의와 연구를 시작한 젊은 연구자들은 지적 공백과 갈증을 느꼈다. 20세기 최고 수학자 중 한 명인 장 디외도네Jean Dieudonne 교수는 대수학의 아이디얼ideal이 뭔지도 모르고 고등사범학교를 졸업했노라고 실토한 적이 있다. 수학을 전공하는 대학 2학년생이라면 당연히 배우게 되는 평이한 개념도 몰랐다는 것이다.

모든 분야에서 나타난 이 문제에 대해 수학계의 대응은 참으로 인상적이었다. 1930년대 중반에 일단의 프랑스 젊은 수학자들은 비밀결사를 만들고 이를 '부르바키'라 명명했다. 당시 프랑스는 현대수학의 기반을 새로 책자로 정리하고 학생 교육에 적용하는 등, 새로운 시작이 절실했던 상황이었다. 부르바키는 약

10명 정도의 수학자로 구성되었는데, 수학 분야의 노벨상으로 불리는 필즈상 수상자 여러 명도 멤버로 활동했고, 유망한 수학자를 영입하며 세대교체도 해왔다.

이들은 현대수학의 전 분야에 걸쳐 방대한 분량의 책을 공동 저술했고, 이 책들을 모두 니콜라 부르바키Nicolas Bourbaki라는 단일저자명으로 출간했다. 개인 이름이 드러나지 않는, 철저한 익명성에 기초한 이러한 활동은 현대수학을 공리적이고 추상적인 접근으로 재구성함으로써 20세기 수학의 진로에 광범위한 영향을 미쳤는데, 저자가 개인일 것이라는 생각에 부르바키가 누군지 궁금해하는 이들이 많았다. 논문을 저술한 적이 없는 수학자가 세상을 깜짝 놀라게 한 수준 높은 책을 다수 저술했으니…….

부르바키는 상당 기간 동안 비밀결사로 존재했고, 구성원이나 회합 장소 등이 모두 비밀로 부쳐졌다. 해마다 세 차례 부르바키 학술대회를 비밀스럽게 열어서 수학의 발전 방향과 새로운 공동 저술에 대해 난상토론을 벌이곤 했다. 학술대회는 회의를 주재하는 의장도 없고 발표 순서도 없이 진행되었고, 발표 중에도 비판과 질문을 통해 발표를 중단시킬 수 있었다. 이제 '부르바키 방식'이라는 표현은 무정부주의적으로 보일 정도의 난상토론식 회의 방식을 부르는 표현이 되었다. 지금도 많은 수학 세미나가 부르바키 방식으로 진행되는데, 일반인의 눈으로 보면 거칠게 보일 만한 난상토론이 벌어지고 세미나가 '평화롭게' 계속되지 못하는 일이 빈번히 일어난다.

부르바키의 저술 중에 가장 대표적인 것은 '수학 원론Elements of Mathematics'이라는 책 시리즈다. 내 또래의 수학자는 보통 한두 권은 가지고 있는 추억의 책이자, 힘들게 공부했던 학창 시절을 떠올릴 때마다 빠지지 않는 책이기도 하다. 하나의 그룹이 논쟁과 협업을 통해 수학의 전 분야에 걸쳐 책 시리즈를 낸 것이라서, 다양한 수학 분야 간의 상호 연계가 투명하게 드러나 있다. 프랑스적 학풍의 전형인 추상화의 극단적 형태라고 폄하하는 비판도 있지만, 이런 추상적 언어를 일관되게 수학의 각 분야에 사용함에 따라 현대수학이 공고한 토대를 가지게 되었음은 분명하다.

난상토론의 형식과 함께 '부르바키 방식'이 갖는 또 다른 의미는 '열린 관심'이다. 부르바키 대회에서는 구성원들이 수학의 전 분야에 걸쳐 적극적으로 토론하고 저술 방향을 정했는데, 본인의 연구 분야가 아니더라도 토의에 참여할 뿐 아니라 심지어는 저술의 일부도 맡는 게 일반적이었다.

협업의 수학자와 연결의 미술가

2015년 말에 프랑스 파리에서 당시 앙리 푸앵카레 연구소 소장이던 세드릭 빌라니 교수를 만났다. 그는 2010년 필즈상을 수상한 석학이다. 항상 나비넥타이 정장 차림에 자신만의 거미 브로치를 달고 나타난다. 깊이 있는 수학 논문과 베스트셀러 대중서를 동시에 써내며 학자의 스테레오타입을 거부하는 이단아다. 다양한 영역에 '열린' 관심을 보이는 그는 협업의 상징이라 할 만한 사람이다.

과학을 기반으로 한 사회 개혁과 교육 이슈에도 관심이 높아서 강연과 언론 기고도 많이 한다. 2017년엔 프랑스 대선에서 에마뉘엘 마크롱 대통령을 공개 지지하더니 프랑스 의회에 진출해서 의원이 됐고 과학기술평가위원회의 위원장도 맡았다.

그를 만난 곳은 실험 음악가 파트리스 물레의 작업실이었다. 영화 〈매드맥스〉 세트장 같은 느낌의 널따란 지하 공간에서 물레는 신개념 악기를 설계하고 만들며 연주하는 작업을 하고 있었다. 음악에 대한 학습이나 훈련 없이도 자기 감정을 표현할 수 있게 하는 것이 프로젝트의 목표였다. 이 작업실에서의 연주는 좋은 소리를 내는 것보다는 멋진 그림을 그리는 것에 가까웠다. 자폐증이나 신체적 부자유가 있는 아이들이 이런 악기를 통해 자신을 표현하는 경험을 하고, 이 과정에서 치유를 받는 현상이 관찰되는 바람에 새로운 활기를 띠게 됐다. 작업실에는 정신과 의사인 여성 인지과학자도 방문 중이었다. 음악가와 수학자 그리고 인지과학자, 이들 사이에 무슨 공통의 관심사가 있을까. 시각적 정보를 음악으로 전환하는 비법을 찾기 위해서라고 했다. 치유의 효과를 측정하기 위해 정신과 의사까지 동원된 것이다.

살바도르 달리는 초현실주의 화가다. 그의 1955년 대표작 '최후의 만찬'에 나타나는 여러 직선들의 길이는 황금비를 이룬다. 배경에는 큼지막한 정십이면체가 보인다. 똑같은 모양의 오각형 12개를 이어 붙여서 만든 각진 축구공이 예수님 뒤에 보이다니. 도대체 이게 다 무슨 뜻일까?

얘기는 고대 아테네 시절로 거슬러 올라간다. 플라톤은 모순

파리에서 만난 수학자 세드릭 빌라니(왼쪽)와 실험 음악가 파트리스 물레(오른쪽).

과 오류투성이의 현세 너머에 무결한 피안의 세계가 있다고 여겼다. 그는 피안을 들여다보는 열쇠를 기하학에서 찾고는 "기하학은 진리로 가는 영혼을 이끌며 철학의 정신을 창조한다"고 가르쳤다. 아테네에서 제자들을 키우던 아카데미 입구엔 "기하학을 모르는 자는 들어오지 말라"고 써놓았다. 이 엄포에 주눅들지 않은 용감한 사람들 덕에 플라톤 아카데미는 나중에 알렉산드리아로 자리를 옮겨서도 장장 900년 동안 존속했다. 그래서 '플라톤적'이라는 표현은 '이상주의적'과 같은 의미로 쓰인다. '지적 사랑'의 의미로 쓰이는 '플라토닉 러브'가 한 예다.

각 면이 정삼각형인 피라미드를 연상해보라. 바닥까지 포함해 총 4개의 면을 가진 정사면체다. 주사위를 연상해보라. 각 면은 똑같은 정사각형이고, 총 6개의 면을 가진 정육면체다. 각 면이 똑같은 정다면체는 놀랍게도 우주를 통틀어서 이 두 개 외에, 정팔면체, 정십이면체, 정이십면체밖에 없다. 이 사실은 수학적으로 의심의 여지없이 증명됐고, 이들 신비한 다섯 개의 입체는 플라톤 학파에서 특별한 대접을 받았다. 플라톤의 4원소론에서는 우주를 이루는 기본 원소인 불, 흙, 공기, 물이 각각 4개의 정다면체에 해당한다.

여기 정십이면체가 빠졌는데 후대 사람들은 이를 미지의 제5원소로 불렀다. 플라톤은 신이 우주의 별자리를 배치하는 데

살바도르 달리의 '최후의 만찬'(1955).

정십이면체를 사용했을 거라고 했고, 그의 제자인 아리스토텔레스는 미지의 제5원소를 에테르라고 불렀다. 살바도르 달리는 예수와 열두 제자가 함께하는 마지막 만찬의 성스러움을 신의 섭리를 상징하는 제5원소로 표현하고 황금비를 도처에 배치함으로써, 미적 완결성을 담아내려 한 것이다.

이런 실험 정신과 열린 관심으로 상이한 분야를 연결하는 예술가는 도처에 출몰한다. 칸딘스키와 초기 피카소의 작품에서는 구조와 명징성을 연계시키는 실험이 확연하다. 황금률을 작곡에 구현한 에릭 사티 같은 작곡가도 있다. 수학은 초·중·고등 교육 체계에서 합리적이고 논리적인 생각의 능력을 연습시키는 도구이지만, 이에 더해 분야를 넘나드는 음악가의 치유 실험과 미술가의 상징 실험에 영감을 주는 매개가 되기도 한다.

몰입의 시기

'몰입'을 통한 생산성은 기계적인 생산성과 조금 다르다. 지적 작업의 생산성은 무엇으로 잴 수 있을까? 공장에서 일하는 생산 로봇은 딱 투입한 시간에 비례하는 생산성을 낸다. 육체 노동도 비슷해서, 아무것도 안 하고 멍하게 보내는 시간은 잃어버리는 시간이고 생산성의 즉각적 감소로 이어진다.

반면에 소설가나 시인은 온종일 균등한 노력으로 작업을 연속적으로 수행하진 않는다. 과학자도 마찬가지다. 물론 연구실이 밤마다 불을 밝히지 않으면 연구에서 손 뗀 것이냐는 주위의 호들갑을 감수해야 하지만 말이다. 그러나 이런 종류의 지적 작업에서는 생산성이 투입된 시간에 균등하게 비례하지 않는다. 오히려 종일 딴짓 하다가 갑자기 발동된 몰입의 시간에 집중적인 생산성이 발생하곤 한다. 일상적이고 반복적인 작업에 익숙한 사람에게는 그 앞에 날려버린 시간이 무의미하고 아깝게 보일 것이다.

노벨 물리학상 수상자인 리처드 파인만은 주점에서 사람들과 잡담을 즐기거나 수영장에서 혼자 일광욕을 즐기곤 했다. 우리가 '멍 때리기'라고 희화화해서 부르는 이런 시간은 지적 작업의 예열기라고 볼 수 있다. 본격적으로 달궈지는 몰입의 시간fever time은 이런 예열기 다음에 온다.

수학자를 떠올릴 때 다락방에서 세상과 단절되어 문제를 푸는 사람을 연상한다면 아마도 몰입기의 수학자라고 보면 맞을 것이다. 역사에 남을 만한 업적을 특정 시기에 대량 생산하는 사람이 있다면 이런 몰입기를 맞은 것이 분명하다. '기적의 해'라는 뜻의 라틴어 표현인 아누스 미라빌리스Annus mirabilis는 이렇게 평생의 성취가 집중된 해를 가리킬 때 쓰인다. 사람들은 아이작 뉴턴의 1666년이나 알베르트 아인슈타인의 1905년을 가리켜 아누스 미라빌리스라고 부른다.

스물세 살 청년 뉴턴이 나무에서 떨어지는 사과를 보고 만유인력을 깨달았다는 해가 1666년이다. 그해는 런던 인구의 4분의 1이 전염병으로 죽어나가던 절망의 해이기도 하다. 평범한 유년기를 보냈고 케임브리지 대학교에서도 두각을 나타내지 못

윌리엄 블레이크가 그린 〈뉴턴〉(1790년대).
블레이크는 뉴턴을 신성한 기하학자로 묘사했다.

하던 뉴턴은 국가 재난 사태에 따른 휴교령으로 고향에서 지내다가 자신의 아누스 미라빌리스를 맞았다.

느린 성취에 으레 따라오던 주위의 차가운 시선이 없어서였을까. 위대한 과학자가 평생을 바쳐도 이룰까 말까 한 일을, 그것도 세 가지나, 그는 그해에 이루었다.

첫 번째로 그는 빛의 신비를 알아냈다. 백색 광선이 프리즘을 통과하면서 무지개색으로 분해되는 원리를 밝혀냈는데, 이는 당대 최고의 성취 가운데 하나였다.

두 번째는 만유인력 법칙의 발견이다. 그는 질량을 가진 두 물체가 서로를 끌어당기는 원리를 수식으로 표현해냈다. 이로써 지구상의 물체가 땅으로 떨어지는 것과 지구가 태양 주위를 도는 것을 동일한 보편 원리로 설명할 수 있게 됐다. 갈릴레오가 피사의 사탑에서 무거운 공이 가벼운 공보다 빨리 떨어진다는 아리스토텔레스의 이론을 뒤집었지만, 이제 뉴턴은 갈릴레오의 관찰을 부인할 수 없는 명징성으로 증명할 수 있었다.

세 번째는 미분과 적분의 발견이다. 천체의 운동을 수학적으로 다루려고 할 때 가장 큰 걸림돌은 수학적 도구의 부족이었다. 고대로부터 인류가 만들어낸 수학은 모두 정적이어서 '움직이는 세계'를 다루기에 적절하지 못했다. 흔히 '프린키피아'로 불리며 근대 철학의 향방에 대충격을 준 뉴턴의 역작 『자연 철학의 수학적 원리』에서도 유클리드 기하학은 그 한계를 분명히 드러냈다. 결국 이 청년은 천체의 운동을 다루기 위해 미분과 적분의 개념을 창안해낸다. 인류 문명사에 '동적 세계관의 출현'이라고 기록될 만한 대사건이다.

뉴턴은 어릴 적 둔재라고 조롱받던 기억 때문인지 자신의 업적을 세상에 공표하는 것을 꺼렸다. 백색 빛의 구성 원리에 대한 논문이 '멍청한 발상'이라고 비난받자 더 그렇게 됐다. 『프린키피아』도 21년이나 지나서 출간했는데, 이로부터 불멸의 명성을 얻고 나서야 주위의 조롱을 덜 의식하게 됐다. 미적분 창안에 대한 논문은 1693년에서야 이루어졌다. 그마저도 독일의 수학자 라이프니츠가 1684년에 독자적으로 미적분 이론을 발견한 후 논문을 발표한 것에 자극받아서였다. 누가 진정한 미적분 발명자인지에 대한 수 세기에 걸친 논쟁은 이렇게 시작됐다. 그나마 뉴턴이 주위 친구들에게 자신의 발견을 알렸던 서신 덕분에, 첫 발명자는 뉴턴이고 첫 논문 출간자는 라이프니츠라는 어정쩡한 조정안이 영국왕립학회에 의해 만들어졌다.

미적분이 만들어낸 충격은 과학기술의 영역에 머무르지 않았다. 그 속에 담긴 결정론적 함의는 칸트와 같은 철학자에게 크나큰 영향을 미쳤고 근대의 색깔을 바꾸었다. 라이프니츠는 데카르트, 스피노자와 함께 17세기 가장 위대한 3인의 합리주의 철학자로 불린다.

평범한 젊은이에게 선물처럼 찾아온 평화로운 한 해는 문명사를 바꾸었다. 우리 각자의 아누스 미라빌리스는 과연 언제일까.

조금 긴 몰입기를 보내면서 큰 성취를 이룬 사람도 있다. 대표적인 예로 앤드루 와일즈를 들 수 있다. 그는 350년 이상 미해결 난제로 남아 수학자들을 괴롭혔던 '페르마의 마지막 정리'를 20세기 말미에 극적으로 해결한 영국 수학자다. 열 살 때 동네 도서관에서 읽은 책에서 페르마 문제를 접하고는 몇 주 동안 해결하기 위해 몰두하다 실패하자, 그 해결을 평생의 꿈으로 간직했다고 한다. 청운의 꿈을 안고 케임브리지 대학원에 진학했지만 지도교수의 만류로 그는 이 문제 연구를 포기했다. 진위조차 불분명한 문제를 잡고 있다가 연구 결과를 내지 못하면 어떡하냐는 만류 때문이었다. 이후 그는 정수론 분야의 타원곡선에 관한 연구 업적으로 프린스턴 대학교 교수가 됐지만, 어린 시절의 꿈은 그에게 그저 신기루처럼 보였다.

긴 예열기를 보낸 와일즈 교수에게 변화의 순간은 1986년에 찾아왔다. 그와 함께 차를 마시던 동료 수학자가 페르마의 마지막 정리가 타원곡선 문제로 귀결된다는 것을 버클리 대학교의 리벳 교수가 증명했다고 알려준 것이다. 와일즈는 일생일대의 환희에 빠졌다. 그 자신이 바로 타원곡선 이론 분야에서 세계 최고의 전문가 아닌가. 졸지에 신기루 같고 자신과 관계없어 보이던 '페르마 문제'의 해결에, 세상에서 그가 가장 근접한 사람이 된 것이다. 그로부터 7년간 그는 두문불출하면서 이 타원곡선 문제에 매달렸다. 가족 문제를 제외하고는 아무것도 하지 않았고, 심지어 세미나도 안 가고 논문도 안 썼다. 몰입의 7년이랄까. 각고의 노력 끝에 그는 1993년 강연을 통해 자신의 증명을 세상에 공개했다.

협업을 위한 개방성이 팀에 예열의 시간이 되기도 하고 새로운 영감을 주기도 하지만, 특정 팀원에게 몰입의 시간이 다가왔을 때는 집중적 생산성을 저해할 수도 있다. 업무 공간의 칸막이를 없애되 자신만의 시간과 공간을 쓸 수 있게 하는 것이 해결책이 될 수 있으려나.

움직이는 세상을 다루는 미적분, 날씨 변화도 풀어낸다

누구나 살면서 한 가지 사실에 공감한다. 미래는 불확실하다는 것이다. 잘 계획하고 준비한 일도 작은 변수로 어긋나고 사람 마음처럼 되지 않는다. 그래서 역사를 통틀어서 인류가 가장 많은 에너지를 사용한 활동은 아마도 미래를 예측하는 일이 아니었을까. 내일은 비가 오려나. 내년에 우리 아들이 장가가려나. 다음 달 초에 보리 농사를 시작하면 되나. 내년 총선의 판세는 어찌 되려나. 불확실한 미래를 바꾸어보려는 노력 탓에, 인류 역사에서 가장 오래된 예술 작품은 다산을 기원하는 비너스상이고, 샤머니즘은 그 시작점을 정하기 힘들 만큼 오래되었다.

동서양을 막론하고 농사를 짓기 위해서는 천체의 운동을 관찰해서 절기를 파악하는 게 반드시 필요했다. 그걸 적은 것이 달력, 즉 역법이다. 여기에는 상당한 수학이 필요했음은 물론이다. 고대 이집트에서 겨우 만든 달력은 1년을 365일로 표기했는데 나일강의 범람 시기를 제대로 맞추지 못하는 불상사가 벌어져서 제사장과 귀족들이 목을 내놓아야 했다. 1년은 365일에 6시간을 더한 거라서, 달력은 하루의 4분의 1이 부족했던 것이다. 결국 4년에 한 번 윤년을 만드는 해결법을 찾는 데 긴 시간이 필요했다.

날씨나 자연재해를 예측하는 각종 속설은 또 얼마나 많은가. 허리가 찌뿌듯하면 비가 온다고 하고 쥐 떼가 요란을 떨면 지진이 난다고 한다. 고대 중국에서는 석양이 유달리 붉으면 다음 날에는 청명한 날씨가 된다고 했고, 기원전 4세기 아리스토텔레스의 기상학 책 『미테오롤로지카』는 구름의 모양 등을 살펴서 날씨를 예측하려고 했다. 요즘의 관점으로 본다면 이런 접근은 일종의 패턴 인식이다. 경험과 관찰에 근거해서 비가 올 때 나타나는 여러 가지 패턴을 모은 것이다.

물론 이런 방식으로는 그 원인을 설명할 수 없어서 한계가 있지만, 패턴 인식 방식은 기상 예측 이외의 분야에서도 유용하게 쓰인다. 가령 자동 번역도 이런 패턴 인식을 활용한다. 구글 등의 번역 사이트에 가서 외국어 문장을 집어넣으면 원하는 언어로 자동 번역을 해주는데, 이전에는 각 언어의 구조나 문법 등을 연구해서 이런 번역 시스템을 만들려는 게 대세였다. 하지만 요즘은 이런 언어의 속성에 의존하는 대신에, 언어별 번역 사례를 모은 방대한 데이터베이스에서 지금의 문장과 가장 가까운 것을 고르는 방식이 자주 쓰인다. 가장 가까운 것을 찾는 수학 이론인 최적화 이론을 사용해서 패턴 인식을 하는 것이다.

지문 검색도 비슷한 방식이다. 범죄 현장에서 수거된 지문 하나를 데이터베이스에 있는 수천만 개의 지문과 일일이 대조해서 가장 가까운 것을 찾는 것이라서, 지문 검색은 수학의 최적화 이론을 통한 패턴 인식이 가장 잘 활용되는 사례이다. 비교의 속도와 정확도를 높이기 위해 푸리에 해석학이나 웨이블릿 등의 수학적 개념이 쓰인다.

아프리카 대륙의 마사이마라에서 만난 마사이족은 평원에서 바람의 냄새를 맡고 비가 올 것인지 오지 않을 것인지를 알아맞혀서 나를 놀라게 했다. 하지만 보통 사람들은 마사이족 같은 능력이 없으니 뭔가 다른 기상 예측법을 찾을 수밖에 없다.

19세기까지만 해도 기온이나 풍속 등을 측정해서 일기예보에 반영하려는 시도가 거의 없었다. 엉뚱하게도 변화의 실마리는 전보의 발명에서 나왔다. 서로 멀리 떨어진 여러 곳에서 기상 데이터를 측정하고 신속히 한곳에 모아야 분석이 가능한데, 증기 기차의 속도로 데이터를 전달해서는 일기예보에 도움이 되지 않았다. 그래서 전기의 속도로 전달되는 전보의 발명이 있고 나서야, 기상 데이터 수집이 가능해졌다.

이렇게 변화의 토대가 만들어지고 나서 20세기 초에 이르러서야 수학적인 방식으로 기상 예측이 가능하다는 이론이 나왔다. 기상에 영향을 미치는 여러 변수에 물리학의 법칙을 적용해서 그 관계를 미분이 포함된 수

수학 방정식을 이용해 현재의 기상 데이터로
미래의 날씨를 예상하는 것이 가능해졌다.

식으로 표현할 수 있으며, 이걸 풀면 날씨의 변화를 예측할 수 있다는 게 그 골자이다.

고등학교에서 배우고 나서는 어디에 쓰려나 했던 미적분이 날씨 예측에서 갑자기 튀어나오는 건 왜일까. 고대 문명에서부터 뉴턴 직전까지는 움직이지 않는 세계가 주된 사색의 대상이었다. 정적인 세계를 다루는 것이라면 비례식이나 1차 방정식 같은 것들로 충분하다. 예를 들어 직각삼각형의 세 변의 길이는 서로 관계가 있음을 연상해보라. 이 관계를 표현하는 게 피타고라스 정리인데, 이 삼각형의 세계는 아무것도 움직이지 않는 정적인 세계다. 각각의 길이를 제곱해서 관계가 나오니 2차 방정식으로 충분히 관계를 표현할 수 있다. 하지만 천체의 움직임은 동적이다.

당연히 이걸 이해하려면 새로운 사유의 방법과 도구가 필요하다.

미적분은 움직이는 세계를 다루는 강력한 도구이다. 미적분은 그 이전의 수학과는 태생이 달라서, 정적인 세상에 익숙한 사람들에게는 이 미적분이 변화하는 모든 것을 방정식으로 풀어내는 마법과 같은 것으로 보였을 것이다. 이 마법을 발견해낸 사람은 17세기의 대천재인 영국의 뉴턴과 독일의 라이프니츠이다. 역사상 아무도 몰랐던 깊은 비밀을 본 이 두 사람은 하필 동시대에 태어나서 각각 미적분을 발견했다. 누가 먼저 발견했고 누가 다른 사람 결과를 표절했다는 주장과 비난이 유럽을 뒤흔들었다. 이 유명한 논쟁으로 영국과 유럽의 과학자들이 백 년 동안 서신 왕래를 끊었다는 얘기까지 있다.

서울에서 대전으로 가는 자동차의 속도는 끊임없이 변화한다. 어느 순간의 속도는 어떻게 재는 걸까? 뉴턴이나 라이프니츠 전에는 아무도 이 질문에 시원하게 답하지 못했다. 그 순간에서 시작해서 1초 후까지 움직인 거리를 재면 대충 속도가 나온다. 더 정확하게 하려면, 0.1초 동안 움직인 거리를 재서 10배 하면 된다. 0.01초 동안 재서 100배 하면 물론 더 정확하다. 이게 거리의 변화율 개념인데, 거리를 시간으로 미분한 값이다. 자동차의 계기판에 있는 속도계는 이렇게 차의 속도를 재서 보여준다.

미적분의 탄생으로 우리는 변화하는 것들을 표현하고 그 관계를 볼 수 있게 됐다. 주식 시장도 움직이는 세계임이 분명하니 미적분으로 표현할 수밖에 없다. 아니나 다를까, 옵션 가격을 기술하는 미분 방정식 '블랙숄즈 방정식'이 출현했고, 머튼과 숄즈는 그 업적으로 1997년 노벨 경제학상을 수상했다.

20세기 초반에 출현한 수치기상예보 개념은 일기예보의 패러다임 변화로 볼 수 있다. 생각의 틀이 바뀐 것이라서 가히 혁명적이다. 컴퓨터가 없던 초기에는 지적 호기심의 수준에 머물렀지만, 20세기 중반에 이르러 컴퓨터 시대의 도래와 함께 실제 일기예보에 사용되기 시작했다. 수치기상예보는 대기의 변화가 물리학의 유체역학으로 설명될 수 있다는 것에서 출발한다. 여기에는 기온, 풍속, 습도와 같은 많은 변수가 영향을 미친다. 유체역학의 법칙을 사용하면 이들의 관계를 수식으로 표현할 수 있다. 물론 변화하는 양들이니 미분을 피할 수 없다. 그래서 여러 개의 미분이 들어간 미분 방정식을 얻는다. 이 방정식을 풀면, 현재의 기상 데이터를 가지고 미래의 날씨를 예측하는 게 가능해진다. 어렵게 들리긴 하지만, 바람의 냄새를 맡아 날씨를 예측하는 능력이 없는 사람들에게, 이런 이론이 있다는 건 얼마나 다행스러운 일인가.

하지만 이런 일기예보가 자주 오보도 하는데, 여기에는 두 가지의 수학적인 문제가 끼어 있다. 첫 번째 문제는 방정식 자체의 난해함이다. 유체역학의 대표적인 방정식인 나비어-스톡스 방정식은, 좋은 해가 존재하는지와 같은 기본적인 이해조차도 아직 제대로 되어 있지 않다. 이 방정식을 제대로 이해하는 문제는 미국 클레이 재단이 각각 100만 달러의 상금을 걸고 해결책을 공모하고 있는 밀레니엄 난제 중 하나이다. 두 번째 어려움은 이 방정식들을 푸는 과정의 계산적 어려움이다. 결국 수치 예보 모델에서 나오는 미분 방정식을 컴퓨터를 사용해서 풀어야 하는데, 이게 계산하는 데 시간이 많이 걸리는 문제여서 쉬이 풀리지 않는 것이다. 나라마다 기상예보를 위해서 비싼 슈퍼컴퓨터 도입 경쟁을 벌이는 것은 이 때문이다.

5장

생각의 힘을 키우는 교육

마사이 학교

케냐에 갔을 때다. 여행의 일차적인 목적은 동물의 무늬를 비교하고 누 떼의 대규모 이동을 추적하며 수학 다큐멘터리를 찍는 것이었지만, 그렇다고 마사이족 마을에서 매일 동물만 쫓아다닌 건 아니었다. 그래도 교육에 뜻을 둔 처지라서 마사이 아이들이 무엇을 배우는지 궁금했다. 일행도 같은 생각이어서 마사이족 학교에 들르기로 했다.

초등학교와 중학교 학생들이 교실 하나를 나누어 쓰고 있었는데 마침 수학 시간이었다. 학년에 따라 수준이 달라야 하니, 한 칠판에서 간단한 연산을 다루다가 복잡한 방정식을 다루다가 하는 게 신기했다. 전에는 평원에서 소 떼를 몰아야 한다는 이유로 부모가 아이를 학교에 안 보내 골칫거리였다고 한다. 학

평원에서 소를 모는 마사이 아이들과 함께.

생이 학교에 와야 뭘 가르치더라도 가르칠 거 아닌가. 평원을 달리다 보면 마사이 한 명이 수십 마리에서 수백 마리나 되는 소 떼나 염소 떼를 몰고 가는 장면을 심심치 않게 볼 수 있었는데, 그중 많은 이들이 아이들이었다. 그러던 어느 날 캐나다의 국제원조기구가 와서 학교 앞마당에 우물을 파주었다. 물이 귀한 이곳에서는 더할 나위 없는 선물이었다. 수업을 마친 후 아이들에게 물을 한 통씩 퍼가게 했더니, 쓸데없이 셈이나 가르친다는 부모들의 불평이 쏙 들어갔단다. 그래, 학교에 가면 귀한 물이 생기는구나. 수학보다 물이 이해하기 쉬운 건 어디나 똑같다.

물을 얻을 수 있다는 희망을 가지고 그날 학교에 왔던 아이들에게 칠판에 적힌 수와 기호는 무슨 의미였을까. 자신의 삶과 아무 관련 없는 암호 같은 기호들을 보느니 평원에서 자신을 기다리고 있는 소들에게 돌아가는 게 그 아이를 더 행복하게 했을지 모른다. 아이의 행복을 위해서 학교에서의 교육과정을 줄이자는 주장은 세계 10대 경제대국이라는 우리나라에서도 자주 듣곤 하지 않는가.

그렇지만, 귀한 물을 얻으려고 허름한 교실에 모인 아이들에게, 그 수와 기호 너머에 어떤 신세계가 있을지, 그걸 가지고 자신의 삶과 공동체의 미래를 어떻게 바꿀 수 있을지, 그 가능성도 보여주어야 하지 않을까? 물 때문에 억지로 셈을 배우던 아이들 중 일부는, 고대 문명이 수와 모양을 다루던 방법과 뉴턴이 천체의 운동을 이해하려 만든 미적분을 깨우칠 것이다. 서로 연관 없어 보이는 사실들의 논리적 관계를 규명하고 유의미한 결론에 다다르는 '생각의 기술'을 익히기도 할 것이다. 자신의 조국에 과학기술의 토대를 만들지도 모른다.

프랑스 교육과
핀란드 교육의 확연한 차이

우리나라에서 수학을 포기하거나 힘들어하는 아이들이 늘어나고 있다고 한다. 너무 많이 가르치는 탓이란다. 아이들의 행복을 위해 과도한 학습량을 줄이자거나 선택과목화하자는 얘기를 듣는데 마사이 부모들이 떠올랐다. 설마 이런 문제가 우리나라에서만 일어나는 문제일 리는 없다. 다른 나라들은 어떻게 대처하고 있는지를 볼 필요가 있겠다 싶던 차에, 2015년에 KBS 프로그램 〈명견만리〉의 교육편을 진행하게 되면서 촬영팀과 함께 프랑스와 핀란드를 찾아가보기로 했다. 교육 시스템을 잘 바꾸지 않기로 유명한 프랑스와 자주 바꾸는 핀란드를 비교해보려는 나름의 바람을 가지고 출발했다. 전통의 프랑스 교육과 혁신의 핀란드 교육의 뚜렷한 대비라고나 할까.

출국하기 전에 실험을 하나 했다. 서울의 A 고등학교와 파리의 B 고등학교의 협조 아래, 1학년 수학 중간고사 문제를 상호 교환해서 학생들이 풀어보는 실험이었다. 내가 양쪽 학교에 직접 가서 시험 감독도 했는데, 교과과정의 차이와 교수법 등이 학생들에게 미치는 영향을 파악해보고 싶었다. 들인 수고에 비해 결과는 양쪽 모두 실망스러웠다. 프랑스 시험지는 두 시간 동안 5개의 서술형 문제를 푸는 것이었는데, 한국 학생들의 답안은 단답형과 선다형에 익숙한 문제 풀이 태도를 그대로 드러냈다. 문제가 요구하는 과정의 서술이 없으니 제대로 점수를 받기 힘들 수밖에. 반면에, 대부분의 프랑스 학생들은 한국 시험지를 끝까지 다 풀지 못해서 점수가 나빴다. 한국 시험지는 50분 동안 20개 문제를 푸는 것이어서 프랑스 시험지보다 문제가 8배나 많았다. 선다형이 대부분이고 일부 단답형 문제였는데, 서술형 문제 풀이에 익숙한 프랑스 학생들이 풀이 과정을 적어가며 풀다 보니 도저히 다 풀어낼 수 없었던 것이다. 파리의 B 고등학교는 유서 깊은 명문 사립 고등학교였고, 시험을 치른 학생들은 상당히 우수한 학생들이었는데도 그런 결과가 나왔다.

프랑스에 도착해서는 파리 B 고등학교에 들러 수학 수업과 철학 수업을 참관했다. 수학 교실에서는 복소수를 가르치고 있었다. 우리나라에서 사라진 교과 내용이다. 철학 과목은 모든

3학년 학생이 매주 4시간 의무적으로 수강해야 하는 주요 과목이었다. 내가 참관한 철학 교실에서는 '욕망이란 무엇인가'라는 주제로 토론이 이루어지고 있었다. 스피노자와 실존주의를 거침없이 입에 올리는 학생들은 이미 관련 고전 도서들을 읽고 온 것으로 보였다.

프랑스의 교육 제도를 표현하는 단어를 고른다면 '전통'이 아닐까? 정말 무던히도 안 변한다. '프랑스 교육' 하면 떠오르는 바칼로레아는 우리의 수능에 해당하는 대입시험인데, 나폴레옹 때 만들어져서 200여 년을 이어오고 있다. 본고사에서 학력고사를 거쳐 수능에 이르는, 파란만장한 입시의 파노라마를 겪은 우리나라 중년 세대에겐 어안이 벙벙할 일이다. 교육은 생각의 힘을 기르는 데 맞추어져 있다. 학생이 지망하는 전공에 따라 바칼로레아 문제 유형은 몇 가지로 나뉘는데, 수학과 철학 시험은 문·이과를 가리지 않고 모든 학생이 치러야 한다. 게다가 모든 문제는 서술형이다. 답이 아닐 것 같은 후보를 제거하면서 암기한 공식에 빠르게 대입해 풀기만 한 학생들에겐 기겁할 일이다.

가장 비중이 큰 철학 시험은 프랑스 특유의 것인데, '우리는 과학적으로 증명된 것만을 진리로 받아들여야 하는가' 같은 문제가 출제된다. 미리 정해둔 답이 있을 리 없다. 학생에게 스스로 생각하고 결론을 내리도록 요구하고, 역사적 사실과 논증을 활용해서 자신의 주장을 설득력 있게 적어나가는지를 평가한다.

참관했던 철학 수업이 끝난 후에 이것저것 묻는 내게 철학 교사는 프랑스 교육 시스템에서 철학 과목이 얼마나 중요한지에 대해 여러 각도로 설명했다. 다른 과목 교사 선발과 달리 철학 교사의 선발과 자질 관리는 국가가 직접 한다는 얘기도 했다. 얘기를 듣고 나서 질문을 던졌다. “그렇게 중요한 철학 과목을 왜 일찍부터 안 가르치고 고3이 돼서야 가르치는가?” 교사가 답했다. “문학도, 수학도, 물리도 배운 학생들이어야 위대한 철학자와 과학자들에 대해 논하고 의미 있는 토론을 할 수 있다. 그렇지 않다면 번지르르한 수박 겉핥기식 말싸움이 될 것이다. 학생들은 철학을 배우면서, 그동안 10여 년을 배운 각종 교과 내용들이 어떤 의미이고 역사적으로 어떤 과정과 깨달음을 거쳐 현재의 모습이 되었는지를 이해하게 된다. 혼란스럽고 단편적이었던 지식은 유기적인 지식 체계가 된다.” 그렇구나, 이해가 됐다. 가령 끔찍한 미적분을 왜 배우나 불평하곤 하는데, 뉴턴이 천체의 운동을 기술하려는 과정에서 유클리드 기하학으로 해결이 안 돼서 미적분이 필연적으로 나왔다는 걸 학생이 이해하게 하는 것, 이후의 삶에 새로운 학습의 동기를 주는 것, 그게 목적이었다.

프랑스식 서술형 평가에서는 아는 만큼 적으면 답이 틀려도 부분 점수를 받으니, '실수해도 괜찮아'의 문화가 만들어지는 건 당연하다. 모험을 마다하지 않는 문화는 덤이다. 우리는 어떤가? 객관식의 틀 속에서 한 문제 틀리면 등급이 송두리째 내려가니 '실수하면 죽음'이라는 생각이 당연시된다. 전형이 다양화돼서 수능에 목매는 게 적어졌다고 하지만, 학교 생활 대부분은 일단 입시에서 잘하기 위한 공부에 집중한다. 모험이 뭐더라? 그건 대학에 가서나 생각해보려고 옆으로 치워놓는다. 물론 세상에 공짜 점심은 없다. 프랑스는 매년 바칼로레아 관리를 위해 1조 원 이상을 쏟아붓는다. 서술형 문제 채점의 공정성 시비에 대비해 방대한 채점위원단을 꾸리고 예상 유형별로 채점 기준을 정하는 일은 녹록지 않다. 찬반 논쟁이 있지만, 대부분의 프랑스 국민은 이런 투자를 나라의 미래를 위해 당연한 것으로 여긴다. 결과는 어떤가? 노벨상 순위에서 프랑스는 총 65명을 배출한 세계 4위 국가다. 특히 난제를 돌파하는 창의성과 논리적 사고가 중요한 수학 분야에서 다른 유럽 강국을 현격한 차이로 압도하는데, 수학의 노벨상으로 불리는 필즈상 순위에서 프랑스는 미국 다음으로 세계 2위이다.

반면 북유럽의 핀란드는 이와는 다른 극단을 보여준다. 시대

융합 과목 전국 의무 실시를 앞두고 한참 연수 중인 핀란드 교사들.

의 변화에 맞춰 분야 간의 벽을 허무는 융합 교육으로 교육 개혁을 강하게 시도하는 중이다. 무던히도 안 변하는 프랑스와는 달라도 너무 다르다. 노키아의 흥망을 경험해서일까? 변화해야 살아남는다고 믿는 게 분명하다. 현지에서는 '현상 기반 학습'이라는 표현을 쓰고 있었다. 우리가 찾아간 중학교의 융합 수업에서는, 바다에 유조선이 좌초해 기름이 쏟아진 상황을 던져주고 한 학기 동안 각종 자료를 뒤지고 책을 읽어서 해결책을 찾아가는 내용을 다루고 있었다. 역사 교사, 화학 교사, 수학 교사, 생물 교사가 모여서 함께 설계한 과목이었다. 학생들은 유사한 기름 유출 사례를 찾으며 역사 공부를 하고, 기름 제거 방법과 약품을 찾으면서 화학 공부를 하며, 어떤 대처법이 가장 효과적이었는지를 빅데이터로 분석하면서 수학 공부를 하고, 생태계 복원에 관한 자료를 찾으면서 생물 공부를 한다. 왜 그동안 지겹게 역사와 화학과 수학과 생물을 공부했는지를 사무치게 이해하게 될 것임은 물론이다. 그다음 학기에 조금 더 어려워질 화학 수업과 수학 수업에서 과연 학생들이 여전히 따분함을 느낄까? 깊이 있는 공부의 필요성을 느낀 아이는 그 동력으로 알아서 가게 마련이다.

핀란드가 기존의 핵심 과목을 없애고 융합 과목으로 대치한다는 소문은 와전된 것이었다. 2016년부터 핀란드는 기존의 핵심 과목을 유지하면서 새로운 현상 기반 학습 수업을 '추가'하는 교육과정 개편을 전국의 모든 학교에 의무화했다. 우리가 핀란드를 방문했던 2015년 말은 헬싱키에서의 시범 실시가 종료되고 국가 차원의 전국 의무 실시를 앞둔 시점이었다. 융합 과목을 어떻게 설계하는지 배워야 하는 전국의 교사들이 당혹감 속에서 각종 교사 연수를 소화하는 등 긴장감이 흐르고 있었다. 변화는 누구에게나 불편하고 피하고 싶은 법이다.

핀란드와 케냐

핀란드를 방문했을 때 엉뚱하게도 케냐가 떠올랐다. 두 나라는 학교에서 가르칠 지식의 내용에 대해서는 꽤 다른 견해를 가지고 있지만, 무엇보다 아이가 배우고 싶게 하는 데 공을 들인다는 점은 비슷해 보였으니까. 교과 내용의 과다로 아이들이 학습을 포기하는 거라는 대증 처방은 정말 근시안적이다. 공부를 왜 하는지 모르겠고, 해도 딱히 얻는 게 없으니 재미없는 건데. 마사이 학교는 물을 사용하고 핀란드 학교는 융합 교과를 사용하며 프랑스는 철학 교과를 사용할 뿐, 그 목표는 같은 것이었다. 배움이 자기 삶을 향상시킬 것이라는 믿음을 아이에게 주는 것, 이것으로 교육의 반은 이루어진 것 아닌가?

아이들의 삶의 질에 대한 우려는 타당하다. 수학을 포기까지

하는 이유가 내용이 많아서라는 판단도 일견 그럴듯하다. 하지만 지난 30년 동안 교과과정 개편 때마다 내용은 줄었는데 '수학 어려움증'은 늘었다. 내용을 줄일수록 수학을 어려워하거나 포기하는 아이들이 늘어났다면, 더 줄이면 문제가 사라질 것이라는 결론은 비논리적이지 않은가? 내용을 아무리 줄여도 문제 풀이만 하면 수학은 여전히 재미없다. 교과 내용을 더 줄이면, 그래도 승부를 가려야 하는 아이들은 '실수하면 죽는다'라는 각오로 '실수 안 하기 사교육'으로 내몰린다. 결국 30년 동안 교과 내용이 줄면서 빤한 내용을 가지고 문제만 반복해서 푸는 현상은 더 심화됐고, 수학은 더 재미없어지고 싫은 과목이 됐다. 그 와중에 대학 진학률은 높아지고 입시 민감증은 덩달아 늘어서, 입시 문제를 겨냥한 문제 반복 풀이가 수학 교육의 전부로 자리 잡은 것이다.

인도의 인재 교육

세계 76억 인구의 3할 이상이 중국과 인도에 산다. 두 나라 모두 최근 많은 변화를 이루고 있는데, 경제적 팽창과 첨단 과학기술의 성장이 인상적이다. 두 나라 국민이 매일 머리를 감기 시작하면 심각한 문제가 발생할 거라는 우스갯소리도 있다. 제한된 자원을 향한 경쟁의 심화를 두 나라의 근대화와 연결 짓는 시각에서 나온 우스갯소리이다. 세제 사용에 따른 수질 오염과 물 부족 등의 문제를 지적하는 것이지만, 삶의 질 향상과 경제 발전의 양면성은 여러 가지를 생각하게 한다.

12억 인구의 인도는 태어날 때부터 사람을 차별하는 카스트 제도와 심각한 빈부 격차와 같은 근대화의 걸림돌도 많지만, 핵 능력을 보유하고 세계적인 과학자를 배출하는 등 놀라운 성취

©Indian Institute of Technology Roorkee

과학기술 분야에서 인도 최고의 대학으로 손꼽히는 인도 IIT.

를 보여주는 나라이다. 미국 IT 업체들이 밀집되어 있는 실리콘밸리에서 인도인들이 모두 사라지면 문을 닫는 기업이 줄줄이 나올 거라고 할 정도로, 인도가 IT 고급 인력의 배출국이 된 지는 꽤 오래되었다.

내가 처음 인도에 가본 것은 2010년 봄이었다. 여러 대학을 방문하는 일정이었는데, 인도 공과대학IIT도 몇 곳 방문했다. 인도에서 과학기술 분야 최고의 대학인 인도 공과대학은 1950년대 말 이후로 전국에 7개 있던 것이 15개로 확장되었다. 철저한 소수정예로 15개 대학 전체의 한 해 입학생이 8000명에 불과했다. 2009년엔 수학·물리·화학 세 과목만 치르는 연합 입학시험에 50만 명이 응시했다. 관련 사교육 시장도 엄청나다고 한다. 내가 방문했던 수도 델리에는 IIT 입시학원 광고판이 길가에 가득했다. 한국보다 더한 듯했다. 공교육 확대는 인도 정부가 풀어야 할 숙제라는 것이 분명해 보였다.

과학기술 분야에서 IIT 졸업생의 활약은 대단하다. 세계 유수 대학마다 IIT 출신 교수들을 자주 볼 수 있고, 최근에는 소프트웨어 등 IT 분야에서의 우위가 확연하다. 첸나이에 있는 IIT를 방문했더니, 이 대학은 전교생에게 8학기 내내 수학 과목을 수강하도록 의무화했었다고 했다. 여러 이유로 6학기로 줄였다가 4학기 의무수강으로 정착되었다. 지금 외국에서 활약 중인 IIT

출신 공학자 상당수가 이런 엄청난 수준의 수학 교육을 받았다. 자기 분야에서 적어도 수학적 사고나 지식의 부족이 제한 요소가 되지 않는 사람들이다.

인도의 국가적 문제로 지적되는 것 중 하나가 바로 두뇌 유출이다. 배출된 최고 두뇌들이 더 나은 생활 조건을 찾아 외국으로 나간 경우가 많기 때문이다. 수학 분야를 보면, 이 큰 나라에서 나오는 국제학술지 논문이 한국의 70% 정도에 불과하다. 고대부터 수학사에 크게 기여했고, 20세기에도 라마누잔과 같은 불세출의 수학자를 배출했으며, 타타 기초연구소TIFR 같은 세계 최고 수준의 수학 분야 연구소를 가지고 있는 국가인데 말이다. 이런 통계는 그저 놀라울 뿐이다. 물론 외국 대학 등에 재직하는 훌륭한 인도 수학자들이 통계에 잡히지 않은 탓이 크다.

그러나 최근 양상이 변해서 외국의 인도 과학자들이 인도로 많이 귀국하고 있다고 한다. IT 붐의 역효과로 기초과학의 상대적 홀대도 지적되지만, 이들은 인도의 다음 단계 성장을 이끌 것이다.

우리나라는 어떤가. 입시 제도의 잦은 변화와 교차 지원 관행 때문에 미적분을 모르는 공대생이 출현하고, 대학 수학 교육의 하향 조정이 불가피한 수준으로 몰리는 게 현실이다. 국가 경쟁력 측면에서 우려될 수밖에 없다. 전인 교육 중심의 공교육 확

대와 더불어, 미래의 성장을 이끌 우수 인재 교육을 다시 생각
해야 하지 않을까?

영재 교육

2017년 봄 러시아 상트페테르부르크 방문 길에 소문난 천재 수학자 스타니슬라프 스미르노프Stanislav Smirnov 교수를 만났다. 그는 자신이 1736년에 개교한 고등학교를 졸업했다며 학교 안내를 자처했다. 안나 대제가 1736년에 세운 영재학교이자, 1918년에 다른 영재학교와 합병된 학교다. 수학 분야 최고의 상인 필즈상 수상자를 2명이나 배출한 고등학교는 전 세계에 이 학교 하나뿐이다. 은둔의 수학자 그리고리 페렐만이 2006년에 필즈상을 수상한 데 이어, 수학과 물리학을 넘나드는 스미르노프가 2010년에 필즈상을 수상했다.

일단 학교 이름이 수상하다. '학교Lyceum 239'라니. 러시아에는 무슨 비밀기관인 것처럼 숫자 이름을 사용하는 영재학교가 곳곳에 있다. 옛 러시아 제국의 영재 교육 방식에 기반을 둔 이 학교의 입학 경쟁률은 10대 1이 넘고, 교과과정은 수학과 물리학에 특화돼 있다. 그런데도 졸업생 명단을 보면 다양한 분야의 대가들이 즐비하다. 국가 예술인의 칭호를 받은 유명 배우 안드레이 톨루베예프와 세계 체스 챔피언 알렉산드르 칼리프만, 러시아 록 음악의 창시자 보리스 그레벤시코프가 여기 출신이다.

학교를 둘러보는 와중에 많은 대화가 오고 갔다. 영재성을 가진 아이들은 통상의 교육과정을 못 견뎌 좌절하거나 비범한 재능을 잃어버리는 경우가 많아서 이들에게 숨통을 터주는 게 영재학교의 존재 이유라고 했다. 아이의 지적 호기심을 못 따라가는 교과과정에 비범한 아이를 묶어두는 건 위험한 도박이라고도 했다.

최근 우리나라에서는 특수 목적 학교의 존치 논쟁이 뜨겁다. 영재고나 과학고가 비범한 영재에게 숨통을 터주는 게 아니라 훈련과 선행 학습의 끝없는 반복을 통해 입학 자격을 따게 한다는 의견도 있다. 물론 통상의 교과과정으로 탄탄하게 성장시킬 수 있는 아이를 무리한 영재 교육으로 몰아가는 건 위험하다. 영재 교육은 통상의 교과과정을 견디지 못하는 영재를 대상으로 설계된 것이다. 건강한 준재를 이런 영재용 교과과정에 몰아넣어서 좌절과 열등감에 빠트릴 순 없지 않은가.

러시아의 영재학교 '학교 239'.

평균치 학생들을 주로 고려해야 하는 공교육에서 영재 교육은 소화되기 힘들다고 우려하는 사람도 있고, 다양한 미래를 준비해야 할 유년기가 너무 일방향적이라고 우려하는 사람도 있다. 게다가 영재 교육 프로그램을 이수한 영재들 상당수가 자신의 재능을 발휘할 수 있는 분야보다는 의대나 법대 등으로 진학하는 것 아니냐는 문제 제기도 있다. 더욱이 우리나라에서 영재 교육에 대한 논의는 대입 특혜 논란으로 번지곤 해서 공개적으로 논하기 어려운 주제가 돼버렸다. 일부 과장되거나 틀린 부분도 있지만, 우리나라의 영재 발굴과 교육을 생각한다면 이러한 의견을 곱씹어보고 대안을 만들 필요가 있다.

2017년에 국제수학올림피아드IMO에서 우리나라 학생들이 1위를 하자 이를 비꼬는 댓글이 위험 수위로 치달았다. 어차피 의대 갈 거라는 지레짐작에서부터 수상자에게 상처가 될 말까지…. 고등학생 영재들이 겨루는 올림피아드 중에서 가장 먼저 생긴 게 1959년에 생긴 국제수학올림피아드다. 이 대회는 단지 유소년기의 추억으로 끝나지 않고, 그 분야의 대학자를 배출하는 것으로 이어졌다. 19년이 지난 1978년에 IMO 메달리스트 출신의 그리고리 마르굴리스가 수학 분야의 노벨상으로 불리는 필즈상을 받은 것이다. 이후에 상을 받은 총 36명의 필즈상 수상자 중에 IMO 출신은 무려 13명이다. 유년기에 이뤄진 영재성 발굴과 비슷한 또래와의 만남이 이렇게 중요하다.

물론 세계적인 수학자 중에는 IMO류의 문제 풀이에 젬병인 수학자도 많다. 깊이 있는 사색을 통해 새로운 이론을 만들어내고 난제의 돌파구를 만들어내는 학문적 재능이 꼭 IMO와 같은 문제 풀이에 능하다는 것을 의미하지는 않는다. 그러나 IMO와 같은 문제 풀이에서 두각을 나타낸 천재들이 세계적인 학자로 성장하는 것과 유의미한 관련성이 있는 것 또한 분명하다.

우리나라에서는 1988년에 처음 IMO에 출전한 이후 약 60%의 참가자가 대학에서 수학 전공을 선택했다. 이는 우리나라 영재 교육이 해당 분야의 인재를 기르는 순기능을 가지고 있음을 분명히 보여준다. IMO 참가자가 유독 의대를 많이 선택했던 특정한 해가 있었지만, 이런 예외적인 사례 때문에 영재 교육이 과학기술의 발전과 무관하다는 언론 보도가 나오는 것은 정상적이지 않다.

밴쿠버 동계올림픽 기간에 온 나라를 들썩이게 했던 김연아라는 이름을 평창 동계올림픽 개막식 때 다시 접하며, 엘리트체육과 국민체육의 상관관계를 생각하게 됐다. 우리가 김연아의 탄생을 체감했던 것은 그가 '가능함'의 기준을 바꾸어버렸기 때문이다. 스포츠 대중화의 효과까지 있어서 스케이트를 친근하게 여기고 즐기는 이들이 늘었다. 재능 있는 선수를 어릴 때부터 체계적으로 훈련시키는 엘리트체육 정책과 일본처럼 국민체육을 상대적으로 중요시하는 정책은 나름의 공과가 있지만, 별개의 것이 아닌 것은 이 때문이다.

세기의 천재인 아이작 뉴턴이 만유인력 법칙과 미적분 이론을 제안한 뒤, 몇 세기에 걸친 과학자들의 후속 연구로 행성의 움직임을 이해하게 되었고, 인공위성의 궤도를 계산해낼 수 있게 되었으며, 달에 사람을 보낼 수 있게 되었다. 알베르트 아인슈타인이 상대성 이론을 통해 핵분열 과정에서 발생하는 질량의 감소가 에너지로 변환될 수 있음을 알아낸 뒤, 학자들의 후속 작업으로 원자폭탄이 탄생하고 원자력 발전소가 건설되었다. 앨런 튜링이 계산의 기계화에 대한 수학적 이론을 정립한 뒤, 학자들의 노력으로 컴퓨터가 탄생하고 IT 시대가 열렸으며 20세기의 모습은 통째로 달라졌다. 요한 제바스티안 바흐는 영감을 가진 작곡가였을 뿐 아니라, 어떤 음에서 출발해서도 온전한 옥타브를 만들 수 있는 음계 이론을 만들어 현대음악의 기반을 만들었다.

이렇게 문명사에서 천재들이 끼친 영향은 분명히 존재하고, 특출한 재능을 가진 아이에게는 그에 걸맞은 교육이 필요하다. 공교육을 통해 과학적이고 문화적인 소양을 가르치는 일과 함께 영재 교육도 필요하다. 요즘에는 여러 올림피아드가 생겨난 것도 사실이고 노력과 훈련으로 어느 정도의 성취가 가능한 분야도 있다. 그러나 분야에 따라서는 그 속성상 훈련으로 도달할 수 없는 천재성의 영역이 있을 수밖에 없는데, 이런 천재성의 조기 발견과 적절한 교육의 제공은 더할 나위 없이 중요하다. 성취가 새로운 동기가 되는 우리의 뉴턴, 아인슈타인, 튜링, 바흐가 이런 토양에서 자라날 것이다.

영재 교육이 특정 분야의 재능만을 가진 불균형한 인재를 배출한다고? 몇 가지 개인적인 경험을 통해 이런 통념에 동의하지 않게 됐다.

내가 만난 최고의 수학 천재는 아마도 테렌스 타오 캘리포니아 대학교 로스앤젤레스 캠퍼스 교수였던 것 같다. 타오 교수의 공식 IQ는 221이라고 하는데, 현존하는 최고의 천재라 불러도 부족함이 없다. 그는 10세의 나이에 IMO 동메달을 받았고 13세에 받은 금메달은 아직까지 최연소 기록이다. 지난 2006년 여름에 마드리드 세계수학자대회에서 31세의 타오를 처음 보았는데, 수학 교수라기보다는 호기심 넘치는 소년 같았다. 개막식의 필즈상 시상식에서 그의 이름이 호명되었을 때, 운집한 수천 명의 청중은 환호하면서도 이를 당연하게 여겼다. 27세이던 2002년에도 필즈상 후보였고, 많은 이들이 그의 수상을 예견하고 있던 차였다.

마드리드 세계수학자대회의 가장 큰 이변은 또 다른 대천재인 그리고리 페렐만 박사의 이름이 호명되었을 때였다. 클레이재단이 100만 달러의 상금을 건 7개의 밀레니엄 수학 난제 중 하나인 '푸앵카레 추측'을 해결했으니, 그의 수상은 당연한 것이었다. 그런데 이 세기의 천재가 수상을 거부하고 마드리드에 나타나지 않았던 것이다. 당시 운집한 수천 명의 수학자들이 놀라워하던 장면이 아직도 기억에 생생하다. 페렐만은 16세의 나이에 IMO에서 만점을 받은 수학 영재였는데, 수학자로서 미해결 난제를 해결한 것으로 충분히 인정받았으니 상은 필요하지 않다고 여겼다.

마드리드에서 타오의 강연을 들으러 갈 때는 사실 기대보다는 호기심이 더 컸다. 그의 천재성이야 두말할 나위가 없지만, 수학 강연은 곧잘 너무 전문적인 얘기로 흐르곤 해서 수학자라도 연구 분야가 다르면 따라가기 힘들기 때문이다. 하지만 그의 강연은 인상적일 정도로 흥미로웠고, 게다가 철학적인 통찰을 가진 것이었다. 소수들의 집합이 갖는 질서와 임의성의 양면성을 깊이 있게 사색한 이 젊은 수학자는, 자신의 통찰을 문외한에게 전달하는 소통 능력까지 가지고 있었다. 테렌스 타오가 문제 풀이에 능한 천재일 뿐이라는 선입견은 보기 좋게 무너졌다. 그가 문제 풀이에서 최고의 경지에 다다른 천재임이야 두말할 나위가 없지만, 자신이 몰입하는 문제들의 의미와 이 세계와의 연관성까지 사색하는 철학자라는 사실은 못내 새로웠다.

필즈상의 추세를 보면, 이제 많이 달라졌다. 학생 때부터 평생 한 분야에 전력해야만 전문성을 가진 연구자가 되고 의미 있는 학문적 성취를 이루어내던 시절과는 다른 모습을 보인다. 유년기에 수학을 즐기고 성취를 이룬 경험이 위대한 수학자를 만들어내는 경우가 잦은 것도 분명하다. 이를 증빙하는 사례는 정말 많다. 테렌스 타오는 대학원에서 공부한 조화해석학 분야와는 상당히 다른 정수론의 주요 문제를 해결해 필즈상을 수상했다. 페렐만은 100여 년 동안 미해결 난제이던 푸앵카레 추론을 해결하면서 위상수학과는 상당히 다른 편미분 방정식의 접근을 사용해서 풀어냈다. 2006년 필즈상 수상자인 오쿤코프 교수와 베르너 교수는 전통적인 수학과 이론물리학을 넘나드는 업적으로 필즈상을 받았는데, 그들은 대수기하, 확률론, 복소해석을 도구로 활용하면서 물리학의 주요 문제를 해결했다. 2010년 수상한 응오 교수와 스미르노프 교수는 IMO 만점자였고, 린덴스트라우스 교수와 빌라니 교수는 동메달 수상자였다. 스미르노프와 빌라니는 수학적 엄밀성으로 이론 물리학의 주요 문제를 해결했고, 린덴스트라우스는 동역학계의 방법론을 사용해서 정수론의 문제를 풀어냈다.

이런 다수의 사례를 보면, 융합은 신기루가 아니라 이미 와 있는 현재이며 실재이다. 우리나라의 영재 교육에서도, 해당 분야의 전문성뿐 아니라 여러 분야의 소양을 함께 키워줄 필요가 있다.

공교육을 통해 과학적 소양을 가르치는 일은 정말 중요하다. 그와 함께, 특출한 재능을 가진 아이에게는 걸맞은 영재 교육도 포기할 수 없다. 재능 있는 어린 학생들을 발굴하고 북돋우며 여러 학문 분야를 골고루 공부하게 해서 융합의 시대에 두각을 나타내는 인재들을 키우기 위해선 상상력이 필요하다. 음악 영재와 바둑 영재, 그리고 수학·과학 영재들을 위한 합동 '별 관측 캠프' 같은 것을 열어서 서로 교우하게 돕는 건 어떨까. 서로 다른 영역의 인재로 자라면서 평생 친구가 될 수 있을 것이다.

필즈상에 수여되는 메달에는 라틴어로 다음의 문구가 쓰여 있다. "스스로를 극복하고 세계를 움켜쥐어라." 우리 영재들에게 당부하고 싶은 말이다.

우루과이의
교육 실험

알파고 이후로 인공지능이 장삼이사의 대화 주제가 되더니, 각 분야의 후속 논의가 뜨겁다. 인공지능 시대의 교육에 대한 담론도 분출 중이다. 창의성과 상상력이 중요하다는 것에 누가 토를 달까만, 무엇을 어떻게 고칠지는 백가쟁명 중이다. 서술식 평가 확대와 코딩 교육이 나오더니, 입시에서도 수시의 확대인지 수능으로의 회귀인지 중구난방이다. 대입 전형이 다양해지면서 부모가 아이의 입시 전략을 짜는 건 혼란스럽다 못해 '로또' 수준이 되어버렸다. 아이가 예체능에 재능이 있는지 과학에 소질이 있는지 소설가를 꿈꾸는 아이인지에 따라 준비해야 할 방식이 다르고, 제도의 변화에 따라 유리하기도 하고 불리하기도 하다.

많은 이들이 수학 교육을 지식 전수 과정으로 오해한다. 그런데 정말 그럴까. 인공지능이 더 잘한다고? 미래에 안 쓸 거라고? 수학은 생각 연습인데…. 배우고 나서 잊어도 뭐가 문제랴. 아이들은 세상의 다양한 문제에 접근하는 생각의 힘을 얻어 나간다.

다른 곳은 어떻게 하고 있을까. 선진국의 변화 방향에서 뭔가 보이려나 했는데, 엉뚱하게도 후발국의 사례가 눈에 들어왔다. 2016년에 참석한 베를린의 어느 학회에서 8명의 수학자와 건축가, 과학 큐레이터로 구성된 우루과이 팀을 만났다. 유일한 건축가는 수학자와의 흔치 않은 협업 사례를 발표해 깊은 인상을 남겼다.

팀장 격인 여성 수학자는 공립학교 학생 전원에게 노트북 컴퓨터를 무상 지급하는 우루과이의 교육 실험을 소개했다. 매사추세츠공대MIT 니컬러스 네그로폰테 교수의 저가 디자인에 기반을 둔 모델이지만, 한 국가의 모든 공립학교 학생들에게 노트북을 배포하는 발상이라니. 아이들은 초등학교 입학할 때 도시락 모양의 단단한 리눅스 노트북을 지급받아서 함께 6년을 보낸다. 유년기 기억이 얼마나 강렬한가. 아이가 성년이 되어 회상할 때 분명히 등장할 만한 소품이다.

급격한 교육 환경의 변화를 교과과정에 녹여내는 일이 간단

©Wikipedia

우루과이는 모든 학생에게
컴퓨터를 무상으로 지급하는 교육 실험을 진행하는 중이다.

할 리가 없다. 교사들은 이게 웬 봉변인가. 교육의 세대 차이가 큰 시대라서 기계치 교사가 많을 수밖에 없는데, 컴퓨터를 들고 나타나는 제자들을 맞으며 당혹스러워할 교사들을 연상해보라. 그럼에도 10년이 안 된 이 프로그램의 효과는 선명하다. 아이들은 컴퓨터로 일상을 기록하거나 그림을 그리거나 하는 수준으로 시작했지만, 최근에는 구글의 소프트웨어 대회인 구글 코드인Google Code-in에서 우루과이 학생들이 약진하고 있다.

새로운 교육 환경을 수학 교육에 활용하는 실험도 시도되고 있다. 수학 개념의 시각화 및 체험을 가능하게 해주는 이매지너리 프로그램을 전국 모든 아이의 노트북에 깔았다. 방정식을 즉시 그림으로 표현해서 해를 구하는 과정을 눈으로 이해시킨다. 기하학적 모양을 소리로 표현해서 수학적 방식으로 노래를 만들게 한다. 말 그대로 '보고 듣는' 수학이다.

이런 방식이 새로운 건 아니고, 우리나라에서도 일부 사용되는 중이다. 하지만 국가 공교육 시스템의 한 부분으로 컴퓨팅 인프라를 구축하고 활용하다니. 모든 학생에게 이런 체험 방식의 교육을 시도하는 것도 용감하다. 전통적인 수학 교육에 비해 새로운 방식이 모든 아이들에게 효과적이라는 증거는 아직 없다. 하지만 상당수의 아이들에게 흥미를 유지하게 하는 효과는 지속적으로 보고되고 있다.

부모들은 자신이 평생 본 적도 없는 컴퓨터를 매일 들고 다니는 아이가 자기와는 다른 인생을 살 거라고 믿는다. 교육에 적극적이지 않던 전통적인 삶의 방식도 바뀔 수밖에. 이 아이들 중에서 미래의 과학자와 기술자가 나올 것이다. 일상을 기록하는 연습에서 시작하여 수준 높은 문학 작품을 창조해내는 작가도 나올 것이다. 베를린에서 우루과이 건축가가 소개했듯이, 기하학적 방식으로 아름다운 조형물을 설계해내는 디자이너와 건축가도 출현할 것이다.

100년의 큰 계획을 그리고 있는 후발국 우루과이의 교육 실험은, 어쩌면 나라의 미래에 대한 자신감이 확산되고 있다는 것만으로도 이미 성공한 것 아닐까. 우루과이보다 경제 사정이 훨씬 좋은 우리나라에서 이런 교육 실험을 못 할 이유는 전혀 없다. 최근에 시작된 코딩 교육과 연계해, 수학을 흥미롭게 가르치는 방식으로 컴퓨팅 인프라를 구축하고 활용해보면 어떨까. 실험과 체험은 수학에서도 통한다.

코딩 교육

2017년 어느 날 프랑스 수학자 여럿을 만났다. 수학계의 노벨상이라 불리는 필즈상에서 프랑스가 미국 다음으로 많은 수상자를 배출하게 된 동력이 화제가 됐다. 그 답으로, 나폴레옹 이후로 지속해온 프랑스 교육 체제가 가장 많이 언급되었다. 앞서 소개했듯이 프랑스에선 수학과 철학을 중심으로 생각의 힘을 키우는 기초체력 중심의 교육 제도가 200년 이상 유지되고 있는 중이다. 우수한 학생에게 가르치는 수학 수준은 직업 수학자도 깜짝 놀랄 정도로 높다.

내친김에 또 물었다. 4차 산업혁명이라는 변화의 파고가 닥쳐온다는데 기존의 교육 제도가 여전히 유효한가. 4차 산업혁명이라는 표현을 처음 들어본다는 대답도 있었고, 아직은 많은 사람이 사용하는 표현이 아닐뿐더러 실체가 불분명해 보인다는 의견도 있었다. 그러나 가상세계와 실물세계 연결의 가속화와 이로 인한 제조 생산성의 폭증이 작금의 일상에서 선명하게 드러나는 건 아니지만, 거대한 변화가 오고 있다는 데에는 큰 이견이 없었다. 또 변화의 방향을 예측하기 힘든 시기일수록 지식 전수보다 생각의 힘을 키우는 기초체력 교육이 더 중요하다는 데에도 의견이 같았다.

우리나라의 각 분야에서 인공지능 시대에 대한 논의가 쏟아져 나오기 시작한 건 2016년 다보스 포럼과 알파고가 전환점이었던 것 같다. 이 무렵 교육 분야에서는 서술식 평가 확대와 코딩 교육이 뜨거운 이슈가 되었다.

어린 시절 조립식 장난감을 완성하거나 음악 또는 미술 작품을 만들어본 사람은 자신의 손으로 세상에 없던 것을 만들어낸 경험의 특별함을 기억한다. 자신의 의도대로 소프트웨어를 만들어본 아이에게는 프로그래밍이 자기 머릿속 상상을 세상에 구현하는 새로운 통로가 된다. '코딩'이라는 단어를 넓은 의미로는 알고리즘 설계까지 포함시키기도 하지만, 여기서는 좁은 의미인 '컴퓨터용 명령어와 문법으로 컴퓨터에 명령을 내리는 문서 작업'으로 제한하기로 하자.

지난 2015년 여름에 우리 정부가 발표한 대로, 코딩 교육의 의무화는 2018년 중학교부터 시작되어 순차적으로 초등학교까지 확대된다. 아직 가보지 않은 미래이지만, 입시 관련성에 대한 확인되지 않은 예측이나 또 다른 사교육 문제에 대한 우려는 벌써 시작됐다.

1990년에 우리나라 컴퓨터 정규 교육이 시작되었다가 2008년에 완전히 폐지되는 곡절을 겪은 탓에, 중·고 교육과정에서 선택과정으로 운영되던 정보 교육의 이수율은 2006년 38.1%에서 2012년 6.9%로 곤두박질쳤다. 이런 와중에 우리는 아이폰 충격을 겪었고, 영화 〈아바타〉를 보며 가상현실 기술의 힘을 남의 일로 구경해야 했다. 하드웨어의 경쟁력에서는 세계 최고를 다투던 우리나라가 소프트웨어 경쟁력에서는 이에 비할 바가 못 된다는 우려가 현실이 된 것이다.

게다가 한국 컴퓨터 교육의 후퇴 시기는 이스라엘이나 에스토니아처럼 전통적인 산업이 아닌 혁신을 통해 성장을 이루어내는 국가들이 코딩 교육의 획기적 강화를 추진하던 시기였다. 2014년을 기점으로 해서 영국과 프랑스와 같은 선진국도 코딩 교육의 확대에 나섰고, 미국에서도 시카고와 뉴욕을 중심으로 같은 흐름이 확대되었다. 그러니 2015년의 코딩 교육 의무화 발표는 불가피한 선택이었다.

2016년 여름에 세계적인 온라인 코딩 교육 기관인 코드카데

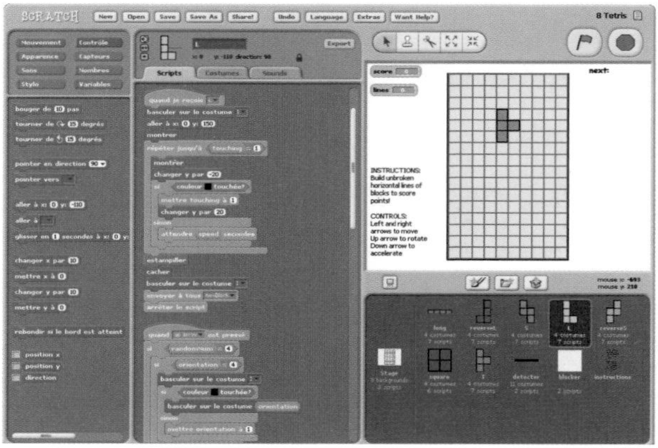

©Wikipedia

스크래치 프로그램을 이용한 코딩 교육이 확대되고 있다.

미Codecademy의 창업자 자크 심즈가 방한했다. 뜻밖에도, 전 세계에 수천만 명의 이용자를 둔 코딩 교육 사업가인 심즈는 컴퓨팅 문맹computational illiteracy 해소를 강조했다. 컴퓨팅 문해력computational literacy은 계산을 잘하는 능력을 뜻하는 게 아니라, 알고리즘 설계 능력이 대부분이고, 이를 프로그램으로 구현하는 코딩 능력이 나머지라는 주장이었다. 알고리즘 설계 능력이란 목표를 달성하기 위해 서로 다른 방식 중에서 최적인 것을 찾아내고 판단하는 능력을 말하는데, 통상의 수학 교육이 지향하는 논리적이고 합리적인 사고 능력과 다르지 않다. 심즈에 이어서 강연한 프라딥 두베이 인텔 병렬컴퓨팅랩 소장도 이 견해에 동의를 표했다. 프로그래밍 기술의 개선으로 원래 프로그램의 속도를 수십 퍼센트 개선할 수 있겠지만, 수십 배 또는 수백 배의 개선은 알고리즘의 개선에서 온다는 것이다.

두 사람의 주장을 요약한다면, 코딩 교육은 단순히 프로그래밍 기법을 가르치는 것에 그치는 것이 아니라 자신의 목적을 구현하는 최적의 알고리즘을 설계하는 능력에 집중해야 하며, 수학적 문맹을 벗어나야 이런 혁신을 만들어낼 수 있다는 것이다. 물론 코딩 기법도 알아야 하겠지만, 프로그래밍도 알고리즘을 기계가 이해할 수 있도록 통역하는 과정으로 볼 수 있으므로, 이 과정은 인공지능을 이용한 자동화된 방식이 상당 부분 대치

할 수 있다.

2017년 9월에 방한했던 세계적인 컴퓨터과학자 페드로 도밍고스 미국 워싱턴대학교 전산학과 교수는 더 직설적이다. 도밍고스 교수는 "컴퓨터 프로그래밍과 코딩은 컴퓨터가 어떻게 작동하는지 알게 된다는 점에서 중요하지만, 논리적 사고와 귀납법, 수학적 소양 등이 먼저 갖춰져야 한다"고 말했다. 그가 말한 '수학' 또는 '수학적'이라는 표현은, 학교에서 배우는 교과로서의 수학 또는 수를 다루는 학문은 아니다. '논리적' 또는 '합리적' 사유의 방식을 수학이라는 단어로 표현한 것이다. 원래 수학의 어원인 그리스어 '마테마mathema'는 '배운다'를 뜻하며, '수'라는 의미는 전혀 들어 있지 않다. 자연과 우주의 질서를 학습하는 모든 행위를 마테마로 포괄적으로 표현한 것이다. 그래서 고대 그리스 이후에 '수학적mathematical'이라는 형용사는 공리(기본 데이터)로부터 논리적·합리적 사유의 과정을 거쳐 결론을 이끌어내는 방법을 뜻하는 것으로 쓰였다.

이런 사유 체계를 시스템화한 게 유클리드의 『원론』이고, 그래서 스피노자의 『에티카』 등이 유클리드 『원론』의 영향을 받았다고 말한다. 미국독립선언의 예를 든다면, 도입부의 '인간은 평등하게 태어났다'처럼 반박하기 힘든 명제가 공리로 제시되고, 영국 식민 지배하에서 차별이 지속하는 사실들이 열거된 뒤에, 최종적으로 '그러므로 영국으로부터 독립해야 한다'라는 결론에 다다른다. 즉, 모든 사람이 받아들일 만한 공리가 만족될 수 없으므로 독립의 당위성에 다다르는 논리 전개인데, 유클리드적 사유의 전형으로 볼 수 있다.

도밍고스 교수는, 프로그래밍 언어를 일찍부터 의무적으로 가르치기보다는, 기본 데이터로부터 논리적 사고를 통해 결론에 다다르는 기술을 가르치는 것이 나중에 최적의 알고리즘을 만들고 이를 프로그래밍으로 구현하는 것에 더 도움이 된다고 본다.

현실적인 문제도 있다. 2018년부터 점진적으로 코딩 교육이 정식 교과목으로 도입되지만, 촘촘히 짜인 교과과정에서 시수를 짜낼 방법이 없다 보니 초등학교의 경우 연 17시간에 불과하다. 격주로 1시간이 배정되는 건데, 기존 코어 과목들(수학, 과학, 사회 등)과 연계해서 녹여내지 않으면 불편한 과목이 하나 더 생기는 것에 그치게 될 수도 있다.

2014년에 5~14세의 아동을 대상으로 만들어져서 매주 1시간 이상을 교육하는 영국의 컴퓨팅 과목은 4단계 과정으로 이루어져 있다. 1~2단계에서는 논리적 생각의 방식을 가르치고, 3~4단계에서 그런 생각의 표현(프로그래밍 언어)을 가르친다. 단계적 접근이라고 할 수 있다. 흥미롭게도 이런 단계적 접근에 반기를 드는 새로운 시각도 있다. 에스토니아에서는 컴퓨터 기반 수학CBM, computer-based mathematics 교과과정을 시험 도입했는데, 기존의 수학 교육과 코딩 교육을 통합하는 교육 실험이다.

우리나라에 잘 알려지지 않은 에스토니아는 구소련으로부터 독립한 나라로, 인구 130만 명의 소국이지만 세계 최고의 전자정부를 구축했고, 유럽 국가 중에서 창업이 가장 많고, 영상통화 앱인 스카이프Skype를 개발해 마이크로소프트에 판매하기도 했다. 2014년의 1인당 GDP는 독립하던 1991년도에 비해 9배 이상 증가한 1만 8478달러였고, 교육에 대한 국가적인 관심과 투자는 OECD가 시행하는 PISA 평가에서 최상위로 꼽혔다. 2015년 PISA의 경우, 수학, 과학, 읽기 등 모든 분야에서 톱 10에 들었으며, 과학에서는 한국(11위)을 크게 제치고 3위를 했다.

7세 이상의 학생에게 컴퓨터 프로그래밍을 가르친 세계 최초의 국가 에스토니아는 2013년에 새로운 교육 실험인 CBM을 시작했다. 이를 설계한 주인공인 영국의 콘래드 울프람Conrad Wolfram 박사는, 독립된 코딩 과목 대신에, 기존의 코어 과목과 긴밀하게 연결되어 컴퓨팅적 사고를 기르는 것이 중요하다고 말한다. 그가 말하는 컴퓨팅적 사고computational thinking는 4단계로 나누어진다. '이 자전거 헬멧은 조금 불편한데 어떻게 개선하지?'와 같이 애매하게 표현된 문제를 기계가 이해할 수 있는 명료한 문제로 정리하는 게 1단계다. 지금보다 나아진다는 게 뭔지를 정량화하고 수치화하는 과정이다. 2단계는 이를 수식이나 알고리즘 또는 코딩으로 전환, 즉 번역하는 것이다. 3단계에서는 인간의 계산력 또는 기계의 계산력에 의지해서 수식을 풀거나 알고리즘을 수행한다. 마지막 4단계에서는 이 결과를 원래의 상황에 맞추어 해석해서, 향상된 헬멧 설계로 가시화된다. 그는 이러한 CBM이 수학 교육뿐 아니라 과학 교육이나 역사 교육 등과도 결합하여 컴퓨팅적 사고의 향상이 전방위적으로 이루어져야 한다고 주장한다.

아주 다른 코딩 교육 사례로는 앞에서 설명한 남미 빈국 우루과이가 도입한 '자유 방임형' 코딩 교육을 꼽을 수 있다. 이런 접근은, 코딩 교육이 역으로 수학을 흥미롭게 가르치는 방식이 될 수 있다는 생각, 즉 CBM의 일종으로 볼 수 있다. 영국과 미국의 코딩 교육보다 오히려 진일보한 이런 방식은, 신규 과목으로 인한 시수 부족의 문제를 해결하며 컴퓨팅적 사고를 훈련하는 코딩 교육의 새로운 가능성이 될 수도 있지 않을까.

수학 교육

초등학생이 수학 시간에 '세는 수'라는 것을 배우면 어떨까? 하나, 둘 세는 것이니 자연수일 텐데 아마도 쉽게 이해할 것이다. '합리적인 수'라는 것을 배우면 어떨까? 도대체 숫자들이 어때야 합리적이라는 건지 모르니 아무 도움이 안 된다. 영어로는 'rational number'인데, '이치가 있는 수', 그래서 흔히 '유리수有理數'라고 번역한다. 여기서부터는 암호 수준이다. 영어권 학생도 이게 무슨 뜻인지 알 도리가 없다.

유리수의 수학적 의미는 $\frac{2}{3}$이나 $\frac{4}{7}$처럼 '자연수의 비율로 표현되는 수'에다 음수까지 포함한 것이다. 그래서 '비율이 있는 수', 즉 유비수有比數라고 번역하기도 하지만, 유리수라는 단어에는 '세는 개념에서 출발해서 다다를 수 있으니 합리적'이라는 철학적 뜻이 숨어 있다. 무리수는 '이치가 없는 수'라서 'irrational number'인데 세는 것과 관련 없다는 뜻이다. 영어가 모국어라도 그 뜻이 무엇인지 감이 올 리가 없다.

결국 수학 용어를 이해한다는 것은 언어의 문제라기보다 그 용어가 만들어진 역사적 배경과 철학을 이해한다는 것이다. 각각의 수의 개념이 나온 '수의 역사'를 배워야 이해할 수 있는 것이지, 모국어의 문제는 전혀 아니다.

역사학이나 철학을 공부해보려고 하면 일상에서 쓰지 않는 용어들을 만난다. 언젠가 호기심으로 뒤적이다가 변증법이라는 용어를 처음 접했을 때의 느낌은, 일단 머리가 띵하다는 것이었고, 쉬운 말도 많은데 이렇게 어려운 말을 사용하는 사람들은 현학적인 자들이 분명하다는 것이었다. 학자들은 자기들끼리만 통하는 비밀을 은밀하게 유지하려는 폐쇄적 집단이 아닐까 하는 의심이었다. 여러 얘기를 종합해보니, 시대의 주류 테마가 있으면 이에 대립하는 반대 테마가 필연적으로 출현하게 되는데, 주류 테마를 극복하고 보완하면서 진일보한 통합된 테마를 만들어낸다는 것 같았다. 결론적으로 대립과 극복의 결과로 역사가 진보한다는 견해인데, 변증법이라 하지 않고 '삼단계 대립 발전법' 정도로 이름 붙였더라면 하는 생각이 들었다.

조금 시간이 지나자, 헤겔의 역사철학을 공부한다는 것은 이

단어의 뜻을 알아가는 것과 거의 같을지 모른다는 생각이 들었다. 일상어를 조합해서 헤겔의 생각을 비슷하게 담을 수는 있겠지만, 그 조합 자체가 헤겔에 대한 특정 해석을 담고 있을 테니까.

전문 용어는 그 자체로 상당한 스토리를 담고 있다. 이전에 없던 새 개념을 기존의 용어로 표현하면, 기존 용어에 익숙해진 사람은 자신이 알던 것과 혼동한다. 그래서 용어의 혼선을 방지하기 위해 수학에서 새로운 용어는 꼭 '정의'부터 하고 시작한다. 그 용어가 일상어라 하더라도 수학에서의 의미는 다르다는 것을 전제한다.

아이들은 최소한의 어휘로도 기본적인 의사소통을 하는 데 문제가 없다. 교육의 과정을 통해 추상적인 개념과 이를 표현하는 새로운 어휘를 습득해서 자신만의 사전을 두껍게 만들어나간다. 그래서 학문을 공부한다는 것은 그 분야의 용어를 습득하는 것과 유사하다. 용어를 아는 것은 그 개념을 이해해야 가능하기 때문이다.

수학에서도 전문 용어를 분석해보면 역사적 배경과 뜻을 아는 데 도움이 된다. 예를 들어 '유리수'라는 용어의 유래를 다시 한번 보자. 정수의 비율로 표시되는 수를 왜 합리적인 수, 즉 유리수라고 부르게 됐을까? 영어에서 비율을 뜻하는 'ratio'와 합리적인 것을 뜻하는 'rational'은 모두 그리스어 'logos'에서 유래했다. 자연수를 합리적인 방법으로 다루어서 얻어낼 수 있는 모든 것을 'logos'로 본 것이다. 이런 이유로 유리수 집합을 비율quotients을 의미하는 ℚ로 표시하곤 한다. 제곱해서 2가 되는 수는 유리수가 아니라는 걸 중학교에서 배운다. 자연수의 비율로는 안 되고, 'x의 제곱은 2' 같은 대수 방정식을 풀어야 얻어지는 게 무리수인 건데, 이런 과정을 합리적이지 않다고 보았으니 'irrational number'인 것이다. 이런 이유로 피타고라스는 양변의 길이가 1인 직각삼각형으로부터 빗변의 길이가 무리수가 나오는 것을 받아들이기 힘들어했다. 정수의 완전함에 매료되어 협화음의 원리조차도 정수 비율로 이해했던 피타고라스에게 존재하면 안 되는 숫자가 출현한 것이니, 지적 성찰의 대혼란이었을 것이다.

'기하幾何'는 '몇 기'와 '어찌 하'의 결합이라서 양주동 선생의 수필 「몇 어찌」의 주제가 되기도 했다. 양주동 선생은 한학을 공부하다 늦은 나이에 서양 학문을 공부하게 됐는데, 그 초입에서부터 기하, 즉 '몇 어찌'라는 엉뚱한 과목을 배우게 됐으니 날벼락이었다. 기하는 영어 'geometry'를 음차한 용어라서 한자의 뜻으로 이해하려고 하면 안 되는 것을 몰랐던 탓이다. 이 영어 단어는 그리스어의 '땅'과 '측량'한다는 단어의 결합어라서 모양

우리나라의 현재 초 · 중 · 고등 수학 교육은 문제 풀이에만 치중해,
좀처럼 학생들의 흥미를 이끌어내지 못하고 있다.

을 다루는 분야를 말한다. 그래도 양주동 선생은 '몇 어찌'를 이해하려고 몇 날 며칠을 밤새우다가 그 논리성과 명징성에 반하고는, 유클리드의 세계라는 신세계를 발견한 벅찬 마음을 수필로 써서 남겼다.

'함수函數'는 '상자 수'라는 뜻의 난해한 용어이다. 그런데 함수의 영어 표현인 'function'은 더 어렵다. 그 일상적 의미인 '기능'은 수학에서의 의미와 다르다. 오히려 상자라는 뜻의 한자 표현은 뜻이 통한다. 'black box'를 예로 들어, 원인이 있으면 결과가 있다는 것이고 원인과 결과의 관계를 상자로 표현한다고 설명하면 아이들도 이해한다.

'소수素數'는 화학의 원소元素처럼 '원소가 되는 수', 즉 '근본적인 수'라는 뜻의 한자어이며, 1과 자기 자신으로만 나누어지는 정수다. 5는 소수이지만, 6은 소수가 아니다. 영어로는 'prime number', 즉 '주요 수'인데 이게 왜 '주요 수'라고 불릴까? 우리는 초등학교에서 모든 자연수가 이 소수들의 곱으로 표현될 수 있다는 걸 배운다. 소수가 자연수 구성의 주요 요소 역할을 하니까 '주요 수'라고 부르는 것이다. 초등학교에서는 이런 개념을 '소인수 분해'라고 가르친다. 자연수를 '소수의 인자로 나눈다'는 뜻이다. 영어로는 'prime factorization', 즉 '주요 분해'이다. 우리말 '소인수 분해'가 영어 표현보다 훨씬 더 의미가 분명하다.

아이들에게 생소한 새로운 단어를 사용하는 이유는, 이런 개념이 아이들의 지적 우주에 아직 없기 때문이다. 이런 단어를 단어장에 추가하면서 아이들은 인류 문명사의 성취를 조금씩 습득해나가게 된다.

현재 초 · 중 · 고등 수학 교육에서는 수학 용어의 어원이나 수학의 역사를 다루지 않는다. 여러 수학 개념이 출현한 시대적 배경을 교육과정에 반영하면, 문제만 풀던 아이들은 그 개념들의 상호연계와 출현의 필연성을 이해할 수 있을 것이다. 이에 더해, 역사나 철학 과목과 밀접하게 결합하면 최상일 것이다. 생각해보라. 플라톤은 가르치면서 유클리드는 적당히 넘어가는 게 과연 문명사에서의 무게에 비추어 정당한가.

살면서 다시 보지 않을 이상한 공식들을 외우라고 다그치는 대신, 기본적인 정의와 개념만으로 문제를 풀도록 하면 어떨까. 물론 풀이 과정을 평가하는 서술식 평가는 기본 전제다. 터무니없이 꼬인 문제들을 유형별로 반복해서 풀게 하는 것은 수학 교육의 목표인 논리적 사고와 문제 해결 능력의 습득과 들어맞지 않는다.

얼마 전에 '고등학생 60%가 수포자'라는 자극적인 제목의 기사가 여러 곳에 나더니, 이에 화답하듯이 초·중·고등 수학 교육과정이 크게 바뀐다는 발표가 있었다. 가르치는 내용을 20%

삭감한다는 놀라운 내용이었다. 아이들이 수학을 어려워하고 포기까지 하는 이유가 배우는 '내용이 많아서'라는 판단 탓이리라.

현황 파악은 정확하나 결론은 비논리적이다. 재미있고 흥미진진하게 못 가르치고 문제만 들입다 풀게 하는 어른들 탓인 것을 애써 보려 하지 않는다. 내용을 아무리 줄여도 문제만 반복해서 풀게 하면 여전히 재미없고 싫은 과목이 수학인데.

'교육'이 무엇인가. 인류 문명사의 쌓인 지식 중에 아이들의 미래에 꼭 필요할 만한 것을 골라서, 그들이 미래를 준비할 수 있게 돕는 것이다. 그렇게 고른 것에는 쉬운 것도 있고 어려운 것도 있다. 그중에 쉬운 것만 가르치자는 주장은 얼마나 무책임한가. 아이들이 인생에서 '성취할 수도 있었을' 거대한 가능성을 송두리째 빼앗아버리자는 폭력적 주장이다.

어려운 내용을 흥미진진하게 만드는 건 어른들의 책임이다. 그 내용이 문명사에서 필연적으로 출연한 배경은 무엇인지, 그게 왜 아이들의 미래에 중요한지, 그걸 알게 될 때 어떤 새로운 미래가 펼쳐지는지 등을 보여주는 것이 교육 시스템이다.

수학 숙제도 문제만 잔뜩 풀게 하지 말고, '미적분 출현의 역사적 배경에 대한 에세이를 제출하라'라거나, '나이팅게일의 야전병원 사망 원인 분석의 타당성을 논하라' 같은 걸로 바꾸자.

'유클리드 기하학의 한계를 파스칼은 어떻게 극복했는가' 같은 주제는 어떤가? 넘어야 할 산은 많다. 에세이 채점에 어문계 교사들이 참여하는 방안도 생각해볼 만하다. 교사들의 행정 부담이나 시수 경감을 통해서 과중한 부담 없이 새로운 평가에 적응할 수 있도록 지원도 해야 한다.

수학은 독서와 작문 과목이 될 수 있다. 수학의 역사성을 '난해함의 원흉'이 아니라 '생각을 채우는 글쓰기의 보물창고'로 바꾸는 건 어른들의 몫이다.

갇혀 있는 창의성과 생각 연습

2016년 봄에 우리나라를 찾아와서 충격을 주었던 알파고가 더 업그레이드된 모습으로 중국에 나타나 세계에서 바둑을 가장 잘 둔다는 커제에게 전승을 거둔 뒤에 은퇴를 선언하고 바둑판을 떠나는 모습은 가히 초현실적이었다. 무협지의 영웅이 신묘한 영약을 얻어서 초인으로 거듭나더니 무림을 평정하고 홀연히 속세를 떠나는 모습이랄까.

그런 알파고가 영화의 주인공으로 다시 등장했다. 2017년 서울독립영화제에 출품된 다큐멘터리 영화 〈알파고〉는 그의 탄생과 짧은 생을 다뤘다. 서울의 어느 시사회장에서 접한 이 영화는 인공지능 시대의 도래를 선언하는 내용일 것이라는 예상과는 아주 다른 영화였다. 영화 〈터미네이터〉가 인간을 지배하는

©연합뉴스

알파고와 이세돌이 펼친 네 번째 대국에서,
이세돌 9단은 '신의 한 수'로 표현되는 78수를 둠으로써 알파고를 무너뜨렸다.

전지전능한 인공지능 스카이넷의 공포를 보여준다면, 영화 〈알파고〉는 인간의 고유한 역할에 대한 반추와 먹먹함을 유발한다.

프랑스 보르도에 사는 중국계 프로 기사 판후이는 영화 〈알파고〉에서 관찰자이자 기록자이다. 어느 날 그는 런던의 구글 딥마인드라는 기업으로부터 바둑 프로젝트와 관련한 초청을 받는다. 자신의 머리에 온갖 측정 장치를 달고 바둑을 두는 실험을 연상하며 런던으로 향하지만, 예상과 달리 컴퓨터 프로그램과 대국을 하게 되고, 그 대국에서 그는 전패의 치욕을 겪는다. 유럽에서 오래 살아서 실력이 형편없어졌다는 둥 악성 인터넷 댓글에도 시달린다.

그러던 중 딥마인드 팀은 판후이의 도움으로 알파고 알고리즘에서 치명적인 결함을 발견한다. 딥마인드 팀은 예상 외의 국지적 손실이 전체 판세에 연쇄적이고 과도한 영향을 미치는 현상에 고심하지만, 시간에 쫓겨서 알고리즘을 미세하게 조정하는 데 그친다. 이미 예정되어 있던 이세돌과의 대국에서 부디 이 문제가 대두되지 않기를 바라며 딥미인드 팀은 서울로 향한다.

영화의 대부분은 서울의 장면들로 이루어져 있다. 영화는 알파고와 이세돌이 펼친 대국의 역사적 가치와 함께 두고두고 회자될 만한 신묘한 두 개의 수를 소개한다. 알파고의 제1국 37수와 이세돌의 제4국 78수다. 이 두 개의 수는 바둑 전문가들을 충격에 빠트린, 이전의 인간이라면 두지 않았을 전인미답의 수다. 이세돌은 알파고의 37수를 바둑의 아름다움을 드러낸 수라고 극찬한다. "우리가 아는 창의력도 어떤 틀 안에 있는 게 아닌가"라는 말도 덧붙인다. 나만의 창의성이라고 생각했던 것조차도 교육, 관습, 관례의 틀 안에 갇혀 있던 것은 아닐까. 그 틀 밖에, 그 모든 것을 넘는 신묘한 수, 나만의 37수가 있을지도 모르는데. 영화에서 알파고의 37수는 인간의 창의력과 그 한계에 대해 새로운 질문을 끄집어내는 방아쇠 역할을 한다.

인간의 관습에서 자유로운 알파고의 파격적 창의성에 속수무책으로 무너진 이세돌은 3연패를 기록한다. 여기서 깊은 좌절과 고뇌의 산물로 나오는 카운터펀치가 바로 제4국의 78수다. 이전의 이세돌이라면 두지 않았을, 알파고에게 통상보다 훨씬 많은 90여 수까지 두어보며 계산하도록 강요한 수이자 '신의 한 수'로 회자되는 바로 그 수다. 서울에 오기 전에 딥마인드 팀이 이미 발견했던 치명적 오류가 발현된 것이다.

과연 인공지능은 인간성을 파괴하며 일자리를 빼앗아가는, 언젠가 인류를 지배할지도 모르는 인류의 공적일까? 영화는 말한다. 이세돌의 78수는 기계를 통해 인간다움humanness이 확장되고 성장할 수 있음을 입증한다고. 교육받은 대로라면 검토해보지도 않았을 수를 단 세 번의 대국 만에 이제는 편견 없이 가능성의 범주에 두게 됐다는 것, 그 사유의 확장성에 주목하는 것이다.

1997년에 딥블루가 체스 세계챔피언 가리 카스파로프를 이겼고, 2016년에는 알파고가 바둑의 이세돌을 이겼으니, 이제 기계에 인간이 판판이 깨지는 체스나 바둑은 더 이상 설 자리가 없는 것일까? 영화 마지막의 엔딩 롤에 이런 자막이 나온다. "알파고 이후 바둑을 배우려는 사람들이 대거 늘면서 세계적인 바둑판 부족 현상이 보고되었다."

자동차가 더 잘 달린다고 해도 인간의 달리기가 퇴색하는 건 아니다. 인공지능이 동시통역을 잘하겠지만, 외국어 구사 능력은 아이가 접할 수 있는 세계를 확장시켜준다. 추상적 사유를 요하는 고등수학조차 인공지능이 잘하게 된다 해도, 기초 자료를 모으고 합리적 추론의 과정을 거쳐 결론에 다다르는 능력은 인간의 창의적 활동을 위해 여전히 중요하다.

이건 천부적인 게 아니라 연습을 통해서 얻어나가는 능력이다. 이런 연습과 훈련을 받지 못하면 합리적 추정과 궤변을 구별하지 못한다. 사실과 선동을 혼동한다. 통계적 대세와 블랙스완(예외적이고 발생 가능성이 없어 보이는 일이 실제 발생하는 일)

의 차이도 잘 모른다. 창의와 임기응변을 동류로 여긴다. 직업의 탄생과 소멸이 빈번해지는 시대라는데, 새 업무에 적응하고 학습하는 능력은 이젠 선택의 문제가 아니다. 그래서 '지식'이 아니라 '학습 능력'이 미래 사회의 경쟁력이라는 것 아닌가. '멍때리기'가 창의성에 유익하다는 주장이, 맹렬한 지식 습득과 경쟁 위주의 교육 제도에 대한 까칠한 문제 제기를 넘어서 진짜 아무것도 안 하자는 거라면, 가뭄에 기우제를 지내는 격이다.

'생각 연습'의 과정이어야 할 수학 교육은 현행 교육과정에서 '짧은 시간에 많은 문제를 풀어내는 기술'로 변질됐다. 이런 기술이 복잡다단한 세상 문제를 해결하는 능력과 유관한가? 지금의 반복적 문제 풀이 방식의 수학 교육에서는 작은 실수도 치명적이고, 아이들은 수학 문제를 보는 게 공포 그 자체다.

요새 유행하는 이른바 '먹방'의 스타 셰프는 간단한 재료를 가지고 성찬을 만들어내기도 한다. 특별한 수고 없이 지켜보는 구경꾼은 생각한다. '명장은 장비 탓을 안 하지. 이순신 장군은 열세 척의 배를 가지고도 승전을 이끌었잖아.' 이래서 천재 곁에 가면 피곤하다고 하는 모양이다. 대개는 좋은 재료가 좋은 음식을 만드니까. 다나카 요시키의 소설『은하영웅전설』에서 양웬리 장군은 이렇게 말한다. "세상에서 가장 해로운 멍청이는 보급 없이 전쟁에서 이길 수 있다고 생각하는 멍청이지." 양웬리가 말하는 멍청이는, 지휘관의 천재적 전략과 병사들의 불굴의 의지에다 요행까지 더해지면 보급 같은 것 없이도 전장에서 이길 거라고 생각한다. 좋은 재료로 최고의 음식을 만드는 일이야 누가 못하냐고, 악조건에서의 승리가 진짜라고, '헝그리' 정신을 외친다. 예상을 뛰어넘는 감동적인 승리도 가끔 일어나긴 하지만, 그렇다고 그런 요행을 기대하고 계획을 짜는 자가 멍청이라는 사실은 바뀌지 않는다.

신기막측 전략으로 기적 같은 승리를 일궈낸 이순신은 영웅이지만, 준비 없이 그를 절박한 처지로 내몬 선조는 무능하다. 예외적 상황은 그저 예외일 뿐이고, 그 가능성에 기대서 계획을 세우는 건 무모하고 무책임하다. 하물며 아이들의 미래를 가지고 긴 호흡으로 계획을 짜는 교육에서야 말할 나위가 있겠는가. 교육과정의 생각 연습은 아이의 미래를 위한 '보급'이다. 양웬리의 보급 말이다. 조악한 식재료로 입이 떡 벌어지는 음식을 만들어내는 천재 요리사도 있고, 충분치 않은 교과과정으로 벽을 넘어가는 재능 있는 아이들도 있다. 이들도 소중한 자산이다. 영재 교육이 그래서 중요한 거 아닌가. 그렇다고 이걸 일반화해서, 아이들이 싫어하니까 또는 인공지능이 더 잘하니까 교과과정을 일단 줄이고 보자는 건 아이들의 미래를 담보로 한 도박과 다를 게 없다.

적은 수의 수학 문제를 긴 시간 동안 궁리하며 풀게 해주자. 아이는 그 과정에서 문제를 해결해내는 능력을 얻어나가고 생각은 깊어진다. 아이가 미래 일자리에서 부닥칠 문제를 해결해나가는 과정과도 닮았다. 지식전수형 교육은 그 수명을 다했고, 지금이 교육과정에서 생각의 재료와 생각의 훈련을 늘려야 할 적기다. 깊이 있는 수리논리학으로 언어학의 패러다임을 바꾼 노엄 촘스키나, 수학과 통계학을 체계적으로 도입해서 근대적 의미의 공중보건을 정립한 나이팅게일을 보라. 빅데이터의 활용이 일상화되고 새롭게 출현하는 직업들이 이런 소양을 요구하면서, 전통적으로 문과 학생들이 진출하던 홍보와 마케팅, 선거 전략과 공공 정책 등의 분야에서도 데이터와 수의 이해가 주요 자질로 부상하는 시대가 되었다. 데이터를 다루자니 통계와 최적화 이론 등이 중요하고, 미적분은 그 토대가 된다.

설마 생물학은 관계없을 거라고? 도대체 어디다 쓸까 싶었던 미적분을 가지고 동물 무늬의 다양성을 설명한 게 앨런 튜링의 생애 마지막 논문이었다. 설마가 사람 잡는다.

생각의 힘을 키우는 교육

한국이 전쟁의 폐허에서 빠르게 근대화와 경제 성장을 이루어낸 동인으로 흔히 교육열을 들지만, 우리나라 교육열의 역사는 근대화 과정 훨씬 이전으로 거슬러 올라간다. 17세기 제주도에 표류해온 네덜란드 청년 헨드릭 하멜이 조선에서 13년을 지낸 뒤 귀국하고서 쓴 여행기에 이런 구절이 나온다. "조선의 아이들은 낮이고 밤이고 책을 읽는다. 아이들이 책을 이해하는 정도는 정말 놀라운 수준이다." 19세기 말에 강화도에서 병인양요에 참전했던 프랑스 군인이자 화가인 장 앙리 주버가 귀국 후에 쓴 여행기에는 다음과 같은 구절이 있다. "이 나라에서는 빈부를 막론하고 집에 책이 있다. 프랑스인으로서 자존심 상한다."

근대화 과정에서 교육의 내용은 어떤 거였을까. 리더십을 갖

4차 산업혁명의 시대를 맞아 가장 공을 들여야 하는 부분은 '생각의 힘'을 키우는 교육이다.

춘 소수의 인재는 큰 그림을 보는 능력과 전략적 사고를 갖추어 조직을 키워낸다. 하지만 대다수의 사람은 남이 그린 큰 그림 속 퍼즐의 한 조각처럼 자신이 맡은 영역에서 자기 몫을 해낸다. 우리 교육은 이런 인재를 길러내며 그 시대에 필요했던 교육의 기능을 잘 수행했다.

그런데 시대가 바뀌었다. 20세기 후반부를 강타한 디지털 혁명은 보이지 않는 가상세계에 머물렀지만, 어느새 로봇이나 사물인터넷과 결합하며 실물세계로 들어왔다. 실체가 오리무중이던 인공지능은 무인자동차나 스마트 공장처럼 만질 수 있는 모습이 됐다. 하다못해 스마트폰으로 주문한 짜장면이 집 식탁에 놓이지 않는가. 가상세계와 실물세계의 이런 결합은, AI 기술의 획기적 발전으로 그 모양과 추세가 거대해져서 이제는 4차 산업혁명이라고 불린다.

최근 4차 산업혁명에 대한 논의가 너무 들떠 보여서일까? '실체 없는 수사'라거나 '지나가버릴 과장hype'이라는 냉소적 시각도 있다. 로봇이든 사물인터넷이든, 따로 놓고 보면 특별히 달라진 것도 새로울 것도 없다. 하지만 가상세계와 실물세계의 연결이라는 거대 변화는 인류 역사에서 처음 있는 일이고, 예전의 산업혁명과 비교가 안 되는 수준의 생산성 증대를 일으킬 것이다. 일자리의 변화와 새로운 노동시장, 이로 인한 사회구조의 변화까지 보아야 하니, 지금의 호들갑스런 논의는 어쩌면 길을 찾는 과정으로 보아줄 만하다.

이 연결의 시대에, 대학도 고유의 학문 연구와 교육의 기능뿐 아니라, 상이한 분야의 충돌과 연결을 통해 새로운 에너지를 만들어내서 세상의 변화에 기여하는 게 중요해졌다. 이런 세상에서는 단순 반복 업무를 포함한 노동의 상당량을 인공지능 로봇이 수행하게 될 것이다. 말단에서 자신이 맡은 업무를 충실히 수행하는 예전의 인재는 그 수요가 적을 수밖에. 그래서 일자리가 요구하는 인재의 소양도 바뀌었다. 예전에는 전략적 마인드와 기획 능력이 리더의 소양이었다면, 이제는 한참 내려와서 말단 직원에게도 필요한 소양이 됐다. 말단조차도 자신의 전략적 기획을 인공지능과 로봇을 통해 구현하는 중간 부서장 역할을 수행해야 하기 때문이다. 교육의 틀이 바뀌어야 한다는 것은 이 때문이다. 주어진 단순 문제를 잘 해결하는 사람을 길러내는 것에서, 복잡다단한 문제를 해결하고 새로운 방향을 설정하는 '생각의 힘'을 갖춘 작은 리더들을 길러내는 것으로.

아이들이 학교를 마치고 직업을 갖고 살아가면서 겪는 문제들은 복잡다단할 뿐 아니라, 학교에서 배운 특정 과목의 범주에 국한되지도 않는다. 회사의 신규 프로젝트에 투입된 신입 직원은 그 문제를 해결하는 과정에서 몰랐던 지식을 습득할 것이고,

이전에 알았지만 함께 접하지는 못했던 다양한 분야와 만날 것이다. 함께 프로젝트를 수행하는 팀원들의 연령과 지역, 배경과 전문성은 다양할 것이다. 이렇게 일자리에서 한 개인은 문제 해결을 위해 최적화된 조직에 속해 일하게 될 것이다.

몇 해 전에 방한했던 미국상공회의소의 제이슨 티스코 교육일자리연구소장은 미래의 대학이 이런 일자리의 조직 형태를 유사하게 구현해야 한다고 주장했다. 즉, 대학도 학과의 칸막이 대신 문제 해결형 조직의 형태로 이합집산할 수 있어야 한다는 것이다. 아무 관련 없어 보이는 분야의 지식을 묶는 힘, 서로 다른 주장들 속에서 자신만의 길을 찾는 힘이 바로 통찰력이다. 이는 미래 일자리에서의 생존에도 꼭 필요한 중요한 자질이 되려는 중이다.

세계경제포럼 보고서는, 지금 초등학생의 반이 현재 존재하지 않는 직업을 가지게 될 거라고 말한다. 그러니 직장에서 자신의 부서나 담당 업무가 내일 없어진다고 해도 새로운 영역에서 전문성을 터득해내는 능력, 이런 학습 능력을 길러내는 것이 미래 교육의 핵심이다. 학교를 마치고 졸업하는 학생들이 가져야 할 것은 각종 전문 지식으로 무장했다는 자신감이 아니라, 살아가면서 그때그때 필요한 지식을 학습해낼 수 있다는 자신감이다. 학교는 많이 배운 사람을 배출하는 곳이 아니라 잘 배우는 사람을 배출하는 곳으로 변신해야 한다. 자신의 전문성을 벗어난 내용을 학습하는 게 고통스러운 게 아니라 새로운 것을 배우니 즐겁다는 사람을 배출해야 한다. 지식 창출의 속도가 가속화되어 기존 지식은 금방 낡은 지식이 되어버리고 일자리의 탄생소멸이 빈번한 세상에서, 이제 필요할 때 배울 수 있는 능력은 생존의 필수 조건이 되었다. 새로운 걸 배우는 게 고통스러운 사람은 생존하기 어려울 수밖에 없다.

우주 미아가 되어도
살아남는 법

2015년 파리의 고등학교를 방문한 날 본 길거리 영화 포스터에는 '마션The Martian'이라고 적혀 있었다. 우주복을 입은 맷 데이먼의 모습이 흥미로워 보였지만, 실제로 이 영화를 본 것은 시간이 꽤 지나서였다. 비행기에서 무료함을 달래려고 스크린을 뒤적거리던 어느 날 영화 〈마션〉이 눈에 띄었다. 이 영화는 현대판 로빈슨 크루즈의 우주 표류기이다. 맷 데이먼은 실수로 화성에 홀로 남겨진 우주인 마크 와트니로 등장한다. 제대로 된 통신 장비가 없어서 지구에 자신의 생존을 전달할 방법이 없는 절체절명의 상황. 누구에게도 자기 뜻을 전할 수 없는 고립무원의 처지가 된 것이다. 어떻게 해서라도 자신이 생존해 있다는 것을 나사NASA에 알리면 구조팀이 올 텐데…. 다행히 유능한 나

©NASA·JPL

나사와 제트추진연구소의 화성 패스파인더 로고.

사 직원이 화성 표면 사진을 분석하는 과정에서 먼저 그의 생존 사실을 알아챘다. 나사는 그의 화성 표면에서의 이동 경로를 보고 무슨 계획을 하고 있는지 추측하기도 하지만 여전히 상호 의사소통은 불가능한 처지다. 화성으로 구조팀이 올 때까지 와트니는 몇 년을 홀로 기다려야 한다. 하지만 먹을 음식과 마실 물은 턱없이 부족하다.

주인공은 창의성과 생존 능력의 끝판왕이다. 마크 와트니는 식물학자이자 기계공학자였다가 우주인으로 발탁된 사람이다. 그는 자신의 재능을 십분 활용하여 먹고 마시는 문제를 해결한다. 화성의 임시 기지에서 씨감자를 발견한 그는 스스로의 분비물을 이용해서 거름을 제조하는 순발력과 적응력으로 감자를 재배하는 데 성공한다. 물은 H_2O인지라 수소와 산소를 결합시키면 되니, 그는 수소를 연소시켜 물을 만들어내는 데 성공한다. 하지만 이렇게 만들어낸 식량과 물이 평생 갈 수는 없다. 생존 가능한 기간 내에 구조팀이 올 수 있게 하려면 지구에 이런 상황을 알려야 한다. 갖은 고생을 해가며 난관을 넘어선 와트니는 결국 지구와의 의사 교환 방법을 찾아내고, 결국 동료 우주인들과의 협력과 중국의 지원을 통해 지구로 귀환하는 데 성공한다. 예측 가능한 범주를 넘는 상황에서 창의적인 발상과 논리적인 대응으로 문제를 해결해나간 그는 전 지구인의 영웅이 되고, 미래의 우주인들을 가르치는 교관이 된다.

홀로 화성에 남겨진 것은 그에게 인생 최대의 시련이었을 것이다. 하늘이 무너지는 느낌이 그런 것일까. 하지만 그로 인해 지구의 영웅이 되었으니, 우주인 와트니에게 화성에서의 시련은 피할 수 없는 비였을까, 아니면 지나가는 바람이었을까.

영화에서는 극적 효과를 위해 과학적으로는 틀린 장면이 등장하기도 한다. 중력이 지구의 38%에 불과한 화성인데도 무겁게 걷는 모습이나 날아가서 부딪치는 장면 등은 옥의 티로 지적된다. 와트니의 화성 체류 중에 가장 큰 난관은 지구와의 의사소통이 불가능하다는 점이었다. 그는 이 난관을 어떻게 해결했을까.

1997년에 화성탐사선으로 왔다가 임무를 마치고 폐기된 패스파인더 우주선을 그가 기억해낸 게 실마리가 됐다. 캘리포니아 파사데나의 제트추진연구소Jet Propulsion Lab, JPL가 중심이 되어 진행됐던 패스파인더 프로젝트는 화성 표면에 착륙선과 탐사 차량까지 보내는 프로젝트였다. 성공적으로 화성에 도착한 착륙선은 '칼 세이건 기지'라고 명명됐고, 탐사 차량은 '여행자sojourner'라고 불렸다. 칼 세이건 기지와 여행자는 화성의 지질과 기상에 대한 각종 자료를 수집하고 성공적으로 실험을 수행했으며, 연료가 다 소진되어 연락이 끊겼다.

영화에서는 맷 데이먼이 패스파인더를 찾아내려고 악전고투하는 모습이 상세히 묘사된다. 결국 발견한 패스파인더에서 그가 찾아낸 것은 카메라였다. 자신이 메시지를 적은 종이를 들고 카메라 앞에 서면 파사데나 JPL에서는 그걸 읽을 수 있으니 적어도 메시지를 보내는 건 가능해졌다. 문제는 지구에서 그에게 메시지를 전할 방법이 없다는 것이었다. 지구에서 할 수 있는 거라고는 화성의 카메라에 장착된 모터를 이용해서 카메라를 360도 어느 방향으로든지 돌릴 수 있다는 것뿐이었다. 지구에서 화성의 여러 장면을 찍기 위해서 만들어둔 기능이었다. 영어 알파벳 26개를 카메라의 회전으로 표시하려면 360/26, 즉 13.5도씩 회전시키면서 위치에 따라 A, B 등을 구별하면 되겠지만, 받는 사람이 이걸 구별해서 무슨 글자인지 알아내는 건 쉽지 않다. 고심하던 주인공은 무언가를 깨닫고 환호하며 말한다. "16진법이 구출해줄 거야!Hexadecimals to rescue!" 마크 와트니는 어떠한 문자라도 아스키 코드의 16진법 수로 표현할 수 있다는 사실을 떠올렸고, 카메라의 회전 방향만으로도 지구의 메시지를 알아차릴 수 있었던 것이다. 예측을 뛰어넘는 어려운 상황에서 그를 구한 것은 주어진 조건에 대한 정확한 판단, 종합적인 사고력, 그리고 논리적인 대응이었다.

뜻의 교환이 수를 통해 이루어진다는 깨달음

10진법은 0부터 9까지의 숫자를 사용해서 모든 자연수를 표시하지만, 16진법은 0부터 9까지의 보통 수에다 A, B, C, D, E, F까지 더해서 총 16개의 숫자를 사용한다. A는 10이고 B는 11이다. 그러니까 16진법 수 2F는 2×16+15=47이라는 10진법 수다. 이런 16진법 수는 화성에 고립된 우주인의 통신을 어떻게 도와준 걸까?

먼저 카메라가 바라보는 360도 전 방향을 16등분하는 건 쉽다. 원을 그리고 2등분한 뒤에 다시 2등분하는 일을 거듭하면 금방 된다. 지구의 컨트롤 센터에서는 원하는 방향으로 화성의 카메라를 돌릴 수 있으니, 16개 방위 중에 하나의 특정 방향으로 카메라가 향하도록 컨트롤하면, 화성의 주인공은 카메라의 방향을 보고 16진법의 어느 숫자인지를 알 수 있다. 생존력 최강의 우주인 마크 와트니가 뛰어난 것은 이 카메라 조절법을 가지고 지구와 16진법을 이용한 아스키(ASCII) 통신을 할 수 있음을 깨달았다는 것이다. 16진법도 어려운데 ASCII는 또 뭘까?

타인에게 자신의 뜻을 정확히 전달하는 것은 얼마나 힘든 일인가. 같은 언어를 사용하더라도 눈앞에 있는 사람에게 자초지종을 전달하는 과정에서 무수한 오해가 생기곤 한다. 전기 통신이 출현하기 전에는, 멀리 떨어져 있는 사람에게 뜻을 전달한다는 건 참 지난한 일이었다. 문자가 발명된 이후에 인간은 시간 여유가 있는 경우라면 편지를 써서 인편으로 전했고, 국가 차원에서는 비상 상황에 대비한 기간통신망을 구축했다. 우리나라도 이런 목적으로 전국에 봉화 시스템을 구축하고 역마를 운영했었다. 국가끼리는 인편을 통한 사신을 보내곤 했다.

그러던 인류가 19세기 전반에 전기 신호를 사용해서 뜻을 전달하는 것이 가능하다는 걸 알게 됐다. 이건 소통과 통신의 역사에서 거대한 전환점으로 기록될 만하다. 초기의 통신 방식은 모르스 부호Morse code인데, 의사소통은 결국 숫자의 교환 과정으로 볼 수 있다는 깨달음에서 나온 발명이다. 글자를 숫자로 표현하고 이걸 2진법으로 고친 뒤에 딧dit이라고 부르는 짧은 전기신호와 다dah라고 부르는 긴 전기신호를 사용해서 2진법 숫자들을 전송하는 것이 기본 아이디어다. 전하려는 뜻과 글은 숫자로 바뀌어 전기신호의 형태로 먼 곳까지 전달되고 다시 원래의 글로 해독되는 것이다. 이를 위해 영어 글자마다 그에 해당되는 2진법 표기를 정해둔 '변환표'를 사용한다. 예를 들면 국제 공용의 구조요청 신호인 SOS는 모르스 부호로 가장 혼돈 없이 파악하기 쉬운 조합인 '딧딧딧 다다다 딧딧딧'이다.

그러니 말과 글은 모두 수이다. 영어의 모든 글자와 느낌표나 공백 등의 특수문자까지 숫자로 표현하려면 공통의 규칙이 필요하다. 이 중에 대표적인 게 미국 표준연구소에서 만들어서 오랫동안 쓰인 ASCIIAmerican Standard Code for Information Interchange 코드다. '정보 교환을 위한 미국표준부호'라는 뜻인데 통상적으로 '아스키'라고 읽고 쓴다. 요즘 영어뿐 아니라 다른 언어들까지 숫자로 변환하기 위해 ASCII에 한 비트를 더한 UTF8이라는 게 표준이 됐다. 요즘 한글로 쓰인 웹페이지 대부분은 UTF8 인코딩 방식으로 디지털화한 것들이다.

〈마션〉에서 주인공 마크 와트니가 자신의 뜻을 16진법 수로 바꿀 때 사용한 것이 바로 이 아스키 변환표이다. 예를 들면 살아 있다는 뜻의 'ALIVE'는 아스키 코드로는 65 76 73 86 69라는 숫자로 표현된다. 우리가 일상적으로 쓰는 십진법으로는 이렇지만, 이걸 16진법으로 바꾸면 41 4C 49 56 45가 된다. 십진법으로 76인 L을 16진법으로 바꾸려면 76=16x4+12임을 사용하면 된다. 즉 4C가 되는데, 패스파인더의 카메라를 4번 방향과 C번(즉 12번) 방향으로 향하면 L을 전달하는 게 된다. 어떤 문자라도 아스키 코드의 16진법 수로 표현할 수 있으니, 이제 이 가련한 우주인은 카메라의 회전 방향을 보고 지구에서 보내는 모든 문자를 수신할 수 있게 된 것이다.

ASCII TABLE

Decimal	Hex	Char	Decimal	Hex	Char	Decimal	Hex	Char	Decimal	Hex	Char
0	0	[NULL]	32	20	[SPACE]	64	40	@	96	60	`
1	1	[START OF HEADING]	33	21	!	65	41	A	97	61	a
2	2	[START OF TEXT]	34	22	"	66	42	B	98	62	b
3	3	[END OF TEXT]	35	23	#	67	43	C	99	63	c
4	4	[END OF TRANSMISSION]	36	24	$	68	44	D	100	64	d
5	5	[ENQUIRY]	37	25	%	69	45	E	101	65	e
6	6	[ACKNOWLEDGE]	38	26	&	70	46	F	102	66	f
7	7	[BELL]	39	27	'	71	47	G	103	67	g
8	8	[BACKSPACE]	40	28	(	72	48	H	104	68	h
9	9	[HORIZONTAL TAB]	41	29	)	73	49	I	105	69	i
10	A	[LINE FEED]	42	2A	*	74	4A	J	106	6A	j
11	B	[VERTICAL TAB]	43	2B	+	75	4B	K	107	6B	k
12	C	[FORM FEED]	44	2C	,	76	4C	L	108	6C	l
13	D	[CARRIAGE RETURN]	45	2D	-	77	4D	M	109	6D	m
14	E	[SHIFT OUT]	46	2E	.	78	4E	N	110	6E	n
15	F	[SHIFT IN]	47	2F	/	79	4F	O	111	6F	o
16	10	[DATA LINK ESCAPE]	48	30	0	80	50	P	112	70	p
17	11	[DEVICE CONTROL 1]	49	31	1	81	51	Q	113	71	q
18	12	[DEVICE CONTROL 2]	50	32	2	82	52	R	114	72	r
19	13	[DEVICE CONTROL 3]	51	33	3	83	53	S	115	73	s
20	14	[DEVICE CONTROL 4]	52	34	4	84	54	T	116	74	t
21	15	[NEGATIVE ACKNOWLEDGE]	53	35	5	85	55	U	117	75	u
22	16	[SYNCHRONOUS IDLE]	54	36	6	86	56	V	118	76	v
23	17	[ENG OF TRANS. BLOCK]	55	37	7	87	57	W	119	77	w
24	18	[CANCEL]	56	38	8	88	58	X	120	78	x
25	19	[END OF MEDIUM]	57	39	9	89	59	Y	121	79	y
26	1A	[SUBSTITUTE]	58	3A	:	90	5A	Z	122	7A	z
27	1B	[ESCAPE]	59	3B	;	91	5B	[	123	7B	{
28	1C	[FILE SEPARATOR]	60	3C	<	92	5C	\	124	7C	|
29	1D	[GROUP SEPARATOR]	61	3D	=	93	5D	]	125	7D	}
30	1E	[RECORD SEPARATOR]	62	3E	>	94	5E	^	126	7E	~
31	1F	[UNIT SEPARATOR]	63	3F	?	95	5F	_	127	7F	[DEL]

16진법은 0부터 9까지의 보통 수에다
A, B, C, D, E, F까지 더해서 총 16개의 숫자를 사용한다.
어떤 문자라도 아스키 코드의 16진법 수로 표현할 수 있다.

결국 소통은 수의 교환이다. 이걸 깨닫고 나서 인류는 전기신호를 이용한 통신을 발명했다. 데이터 저장은 어떤가? 결국 데이터 저장도 뜻의 교환이니 소통의 한 방식으로 볼 수 있다. 지금 CD에 저장하고 10년 뒤에 꺼내 본다면, 지금의 내가 10년 뒤의 나에게 보내는 통신인 것이다. 수나 문자를 2진법 숫자로 바꾸면, CD 표면에 레이저로 높낮이를 표기하는 방식으로 기록할 수 있다. 하드 드라이브에는 자기장을 가지고 표기한다.

모든 뜻의 교환과 보관은 수를 통해 이루어진다는 것을 깨닫고 난 후

수를 다루는 기존 이론이 가미되기 시작했다. 그러자 비밀 보장도 되고 통신 오류 발생에도 대응하는 방법이 나왔다. 전하고자 하는 수를 특정한 규칙에 의해 변형하면 암호화할 수 있고, 특정 방식으로 숫자를 변형하면 자동으로 통신 과정의 오류도 교정할 수 있다는 것을 알게 됐으니까. 이래서 현대 암호론과 코딩 이론이 출현했다. 로마의 율리우스 카이사르(줄리어스 시저)도 이런 방식으로 초보적인 암호 통신을 즐겨 사용했다. 예를 들어 'THIS'의 각 철자를 2자리만큼 미루면 'VJKU'가 돼서 다른 사람들은 무슨 뜻인지 모르게 되는데, 이를 시저 암호(카이사르 암호)라고 부른다. 물론 요즘 해커들에게는 통하지 않아서 더 이상 쓰이진 않고, 숫자를 변형하는 훨씬 복잡하고 현대적인 이론들이 광범위하게 쓰인다.

뜻의 교환이 수를 통해 이루어진다는 깨달음은 통신의 혁신을 초래했다. 그래서 작은 깨달음은 큰 변화를 이끄는 단초가 된다고 했던가.

6장

시월의
하늘

멘토의 중요성

학생들과 진로 얘기를 하다 보면 다양한 끼는 어디 가고 '기-승-전 의사'인 경우가 많아 놀라곤 한다. 훌륭한 의사는 나라의 보배이지만 지나친 쏠림으로 보여서다. 다른 꿈을 꾸는 아이들이 별종 취급을 받기도 한다니. 그래서 2016년 좋은 봄날에 찾아와 열풍처럼 휩쓸고 간 알파고라는 손님이 반가웠다.

인간의 고유 영역이 뭔지 온 국민이 성찰할 기회였다. 바둑에서 선보인 능력으로 방대한 환자 데이터를 학습하면 최고 수준의 질병 진단을 해낼 것이고, 엑스레이 영상과 수술 결과를 대조하며 학습하면 족집게 영상 판독사가 될 것이다. IBM의 슈퍼컴퓨터 왓슨은 이미 암 진단 정확도에서 숙련된 의사를 넘어섰다고 하고, 10년 뒤 의사의 역할은 달라질 거라 한다. '묻지 마

미래 설계'의 무모함을 아이들에게 이보다 더 잘 보여줄 수 있을까? 우리나라에서 일어났으니 다행이다. 이제라도 교육과 사회 시스템을 고칠 수 있지 않나. 미국은 1957년에 알파고 충격 비슷한 사건을 경험했다. 바로 스푸트니크다.

1957년 10월 4일, 구소련은 역사상 처음으로 인공위성 스푸트니크를 지구 궤도에 진입시킨다. 영화 〈옥토버 스카이October Sky〉는 콜로라도 탄광촌 아이의 실화를 통해 이날의 충격을 묘사한다. 소년은 시월의 하늘을 날아 우주로 가는 스푸트니크와 인류의 우주 도전을 목도하고는 심장이 멎을 듯 감동한다. 결국, 예정된 광부의 삶을 거부하고 불가능을 넘어서 로켓과학자가 되고 만다.

주인공은 '그걸 하지 않으면 못 견딜 것 같은' 열병에 걸려서 독학으로 로켓 제작에 몰입한다. 주인공과 그 친구들은 주위의 반대와 차가운 시선에도 아랑곳하지 않았고, 와중에 학교 여선생님은 이들을 헌신적으로 지원한다. 주인공이 무작정 편지를 보냈던 당대의 유명한 로켓과학자는 답장을 보내 이들을 격려하며 꿈을 키워나가도록 멘토링한다. 결국 이들은 전국과학대회에서 구름 위로 로켓을 발사하며 주위를 놀라게 하고 마침내 우승한다. 실화에 기초했다는 이 영화의 에필로그에는, 주인공이 탄광촌에서 탈출해서 훗날 NASA의 과학자가 되었다는 얘기가 나온다.

첫사랑의 열병 같은 꿈은 변변한 책 한 권 구하기 힘든 탄광촌에서 에베레스트 산보다 높이 나는 로켓을 만들어낸다. 천재성의 작은 차이보다 지향의 차이가 궁극에는 더 큰 차이를 만드는 것이다.

〈옥토버 스카이〉에 나오는 두 명의 위대한 멘토, 즉 고등학교 여선생님인 미스 라일리와 당대의 대과학자인 폰 브라운 박사는 우리시대에도 그 역할을 반추해봄직한 인물들이다. 어린 시절 주위의 관심과 멘토링은 그 아이의 미래를 바꾸곤 하니까.

정해진 학교의 교육과정만 가지고도 충분히 바쁜 우리 아이들에게는 미래의 꿈과 지향을 논하는 게 사치로 보일 수도 있다. 이러한 통상의 틀을 넘는 게 역할모델role model인데, 탄광촌 아이들에게 역할모델은 폰 브라운 박사였다. 감수성이 강하고 쉬이 상처받는 아이들은 그들이 고립된 존재가 아니라는 확인을 지속적으로 받아야 하는데, 미스 라일리는 이러한 역할을 훌륭하게 해낸 것으로 볼 수 있다. 자기 옆에 우군이 있다는 그 '든든함'은 대체 불가능하다.

예전에 U.C. 버클리 수학과의 여자 대학원생 모임은 '뇌터의 서클'로 불렸다. 무슨 뜻인지 모르다, 한참 뒤에야 위대한 여성 수학자이자 멘토라 불린 에미 뇌터Emmy Noether의 얘기를 들었다.

유럽에서 여성의 대학 입학이 허용된 것은 불과 얼마 되지 않는다. 영국과 프랑스에서는 19세기 중후반에 시작됐지만, 독일 대학들은 1900년까지도 여성 불가의 원칙을 고수했다. 노벨상을 두 번 받은 마리 퀴리도 여성의 교육에 관대했던 프랑스로 유학을 가서야 대학에 입학할 수 있었다.

19세기 말에 독일에서 태어난 뇌터는 현대 대수학의 건설에 지대하게 공헌했고, 대칭과 불변량에 대한 업적으로 물리학에도 큰 족적을 남겼다. 당대의 학자들은 그녀를 가리켜 역사상 가장 위대한 여성 수학자였을 뿐 아니라 아마도 가장 위대한 여성 과학자 중 한 명이며, 마리 퀴리와 동격이라고 말했다.

뇌터의 수학적 재능은 뒤늦게 두각을 나타냈는데, 최고의 업적은 모두 40세 이후에 이룬 것이었다. 학문적 절정기는 50세 때였다. 대부분의 주요 성취가 30대 초반에 이루어지는 수학 분야의 특성에 비추어보면 이례적인 일이다. 이는 여성이 교육과 연구에서 배제되던 당시 독일의 사회 체제와 관계가 있다.

대학 입학이 불가능해 청강생 신분에 만족하던 뇌터는 시대가 바뀌어 입학이 허용되자 박사학위까지 받고 괴팅겐 대학교에서 연구를 하게 됐다. 정식 임용이 불가능해 무급으로 강의와 연구를 진행했고, 가족의 재정 지원에 의존할 수밖에 없었던 탓에 절약이 평생 몸에 배었다. 뇌터의 멘토로서 그 재능을 아까

워했던 당대 최고의 수학자 다비드 힐베르트는 그녀의 강사 임명을 주장하며 지금도 회자되는 유명한 발언을 남겼다. “이곳은 대학이지 공중목욕탕이 아니지 않소?”

이러한 성차별 관행은 제1차 세계대전이 끝나면서 완화되어, 뇌터도 비전임 부교수로서 강의료를 받게 됐다. 연구 환경이 개선되자 학자로서의 성취는 새로운 단계에 들어섰고 세계 수학계에서의 위상도 공고해졌다. 이때 나온 뇌터환環 개념은 지금은 대수학 교과서에 나오는 개념이다. 재능 있는 젊은 학자에게 좋은 연구 환경을 제공하는 것은 이래서 중요하다.

학문적 명성은 확고해졌지만, 나치가 정권을 잡으면서 여타 유대인 학자와 마찬가지로 직장을 잃게 됐다. 다행히 뇌터의 안전과 직장 마련을 위해 동분서주한 수학자들의 국제적 연대 덕분에, 록펠러재단의 지원을 받아 미국의 브린모어 대학교로 자리를 옮길 수 있었다.

따뜻한 품성의 위대한 멘토였던 뇌터는 학생들과 교정을 산책하며 토론하는 것을 즐겨 했다. 첫 번째 박사학위 학생인 그레테 헤르만은 ‘학위 지도 어머니dissertation mother’라며 지도교수에 대한 사랑과 존경을 표현했는데, 동양에서 스승과 부모를 동일시하던 것과 다를 게 없다. 괴팅겐 시절의 동료였던 수학자 헤르만 바일은 타인을 대하는 그녀의 태도를 “막 구운 빵처럼 따

따뜻한 품성의 위대한 멘토였던 수학자 에미 뇌터.

뜻했다"라고 전한다.

뇌터의 멘토링 방식은 전설적이어서, 기념 성격의 '여학생 지원 프로그램'이 여럿 만들어졌다. 독일연구재단은 에미 뇌터 프로그램을 만들어 여성 박사후연구원postdoc들을 지원하며, 미국 여성수학자회에서는 매년 뛰어난 여성 수학자를 선정해 에미 뇌터 강연을 개최한다. 4년마다 열리는 세계수학자대회 기간에도 독보적인 여성 수학자가 강연하는 ICM 에미 뇌터 강연이 열린다.

자녀의 교육 문제로 이런저런 질문을 하는 부모를 접하곤 하는데, 수학을 싫어하는 아이를 어떻게 해야 하는지를 묻는 경우가 대부분이지만, 재능이 뛰어난 아이에게 무엇을 해줄지를 고민하는 경우도 가끔 있다. 심오한 답을 기대한 부모에겐 미안하지만, 나는 아이에게 우상, 아이돌, 역할모델을 제시해주라고 권한다. 더 유치하게 말한다면, 위인전을 읽히라고 한다. 아인슈타인이 우상인 아이는 그가 좋아한 물리학도 좋아하고, 베이브 루스를 좋아하는 아이는 야구 통계에 정통하게 된다. 내 경우만 봐도, 고등학교 시절에 영어 공부하려고 구입한 '표지가 예쁜 영어 책'이 하필 아인슈타인 전기여서, 그걸 읽다가 딴 생각 없이 물리학과에 진학했다.

2017년에 미국의 과학 잡지인 〈퀀타 매거진〉이 유력한 필즈상 후보자로 소개해 유명세를 탄 젊은 수학자 허준이 박사는 대학 시절에 만난 일본인 필즈상 수상자 히로나카 헤이스케 교수의 강의를 듣고 과학 기자의 꿈을 접고 수학자가 됐다고 한다. 히로나카 교수 본인은 고등학교 시절에 학교로 특강을 하러 온 히로시마 대학 교수의 수학 대중 강연을 듣고 수학자가 되기로 결심했다고….

2017년 마흔 살의 나이에 타계한 수학자 마리암 미르자카니가 서울에서 인터뷰를 할 때 자신은 고등학교 시절에 자신감 없고 학습에도 '느린' 학생이었다고 말했던 게 기억난다. 국제수학올림피아드 이란 팀에 갑자기 결원이 생겨 여학교 교장 선생님의 강권으로 자신이 끼게 됐는데, 난데없이 익숙한 문제가 나와서 금메달을 받아 귀국했더니 일약 스타 대접을 받게 되었고, 그로 인해 자신감이 생겨서 주위의 기대에 맞추게 됐다고 했다. 결국은 역사상 최초의 여성 필즈상 수상자가 됐다. 아이들에겐 이런 작은 만남과 경험이 인생의 목표가 되는 경우가 많다. 방향이 주어지면 그게 동기가 되고, 그 다음 생기는 갖가지 어려움은 비상한 노력을 하거나 주위의 도움을 받거나 해서 해결할 방법을 찾으면 된다.

널리 인재를 모은 도시

2017년 3월 8일이었다. 러시아의 상트페테르부르크 공항에 도착했더니, 두 사람이 꽃을 들고 입국장을 나오는 여성에게 한 송이씩 건넨다. 옆 사람에게 물으니 그날이 세계 여성의 날이라서 그렇단다. 1917년 이날에 소수의 여성이 제정 러시아에 항의하는 시위를 벌이면서 러시아 혁명이 시작된 것을 기려, 러시아는 여성의 날을 국가 공휴일로 정했다고 한다. 가는 날이 장날이라고 러시아 혁명 100주년 되는 날에 제정 러시아의 수도였던 도시에 도착한 것이다.

레온하르트 오일러Leonhard Euler가 활동했던 이 도시는 돌로 만든 고색창연한 궁전과 박물관으로 가득한 곳이다. 이 위대한 수학자는 특출한 재능에도 고국인 스위스 바젤 대학교의 교수가

수학자 레온하르트 오일러는 러시아에서 위대한 수학적 업적을 다수 남겼다.

되지 못해 낙담하다가, 러시아 제국학술원의 초빙에 응해 1727년에 부임했다.

러시아 표트르 대제는 즉위한 뒤 18개월 동안 서유럽 각국을 순방Grand Embassy하고는 앞선 문물을 따라잡겠다고 결심했다. 그 자신도 배 건조법을 익혀서 강력한 러시아 해군 건설의 동력으로 삼았고, 신도시 상트페테르부르크를 건설해서 수도를 옮겼으며, 서유럽의 학문적 전통을 따라잡기 위해 제국학술원을 설립했다. 그리고 세계 여러 곳의 인재를 모으기 위해 후한 대우와 연구 환경을 제공하는 정책을 펼쳤다. 이런 인재 초빙 정책이 직장을 찾던 오일러를 구원했고 수학의 역사를 바꿨다.

오일러는 다작의 수학자였다. 엄청난 분량의 논문을 썼지만, 그의 저술 중에 가장 많이 읽힌 책은 프로이센의 샤를로테 공주에게 보낸 200여 개의 서신을 모은 책이다. 프리드리히 왕의 요청으로 독일 공주에게 수학과 물리학을 가르치게 된 오일러가 교육을 위해 공주에게 보낸 서신인데, 보통 사람의 눈높이로 수학적 통찰을 보여준다는 평을 받아 유명해졌다. 위대한 과학자가 대중적 글에도 능했던 사례랄까.

널리 인재를 모은 사람의 원조는 고대 알렉산드리아의 프톨레마이오스 1세다. 고대 그리스의 중심을 아테네에서 알렉산드리아로 옮긴 정복왕 알렉산드로스 대왕이 기원전 323년에 사망하자, 그는 알렉산드리아 총독을 지내던 중에 왕으로 즉위했다. 프톨레마이오스 1세는 그리스 학교에 주목하고는 플라톤의 아카데미나 아리스토텔레스의 리세움을 벤치마킹해 알렉산드리아 도서관을 건립했다. 당시 75만 권의 장서를 보유한 도서관은 범인의 상상을 넘는 인류 문명 최대의 규모였다.

하드웨어만 있으면 뭐하랴. 그는 전 세계의 학자들을 파격적인 대우로 초빙했다. 천문학자 클라우디우스 프톨레마이오스 같은 인재들이 결집하기 시작했고, 알렉산드리아는 900년 동안 세계 문명의 중심지가 됐다. 그래서 상트페테르부르크의 오일러는 알렉산드리아의 프톨레마이오스를 연상시킨다.

알렉산드리아에 다양한 문화적 배경의 학자들이 모이자 용광로 효과가 일어났다. 플라톤 학파에서는 피안의 세계를 보는 창으로 기하학을 중요하게 여겼지만, 인류의 삶을 유익하게 하는 데에 응용하는 것을 경시했다. 알렉산드리아는 지중해 남단의 항구도시로 교역의 요충지였고, 사회의 중추로 새롭게 등장한 자유 시민 계층은 수학의 성취를 항해와 별자리 관측에 기꺼이 사용했다. 여러 나라에서 모인 학자들은 열정적으로 이를 지원했고, 사유의 순수성에 집중하던 아테네 시대의 학문 활동은 어느새 사회 문제 해결의 최전선으로 이동했다.

우리 교육을 가리켜서 '초·중·고에서는 입시에 올인하고 대학에서는 학과의 벽에 갇힌다'라고 자조적으로 표현하곤 한다. 특정 분야의 전문성은 곧 새로운 지식으로 대치되고 오래 버티지 못하는 시대 아닌가. 상이한 분야를 연결하고 융합할 수 있는 교육의 토양을 만드는 것이 더 중요한 시대가 되었다.

필요한 변화

스푸트니크 발사 당시 미국 국민들은 '슈퍼 파워 국가'라는 자존심이 뒤흔들리는 충격에 빠졌다. 비록 최초라는 타이틀은 뺏겼지만 바로 다음 해에 미국은 소련을 따라잡아 익스플로어 인공위성을 발사했고 여세를 몰아 달에 유인우주선을 착륙시켰다.

소 잃는 일은 비일비재하지만 외양간 고치는 일로 이어져야 얻는 게 생기는데, 미국은 대대적으로 외양간을 고치는 작업에 나섰다. 스푸트니크 충격 직후인 1958년에는 ARPA(현재의 DARPA)라고 하는 연구 담당 국가기관을 만들어 '미래기술의 선점'을 국가과제로 추진하기 시작했다. 지금은 한 해에 3.5조 원 가량의 연구 예산을 사용하는 기관이 되었다. 우주항공 연구 개발을 전담하는 NASA도 만들었다. 미래의 국가 간 경쟁에서 뒤

처지면 안 된다는 절박함에, 케네디 대통령은 교육과정 대수술에 착수해서 초중고 교과과정에 수학·과학을 대대적으로 강화했고 우수한 인재가 과학 분야로 진입하는 것을 장려했다. 연구비 증액 등의 정책 변화도 이어졌다. 20세기 후반 미국의 국가 경쟁력은 이 뉴프론티어 개혁에서 왔다고 해도 과언이 아니다. 그러니 스푸트니크는 미국에게 복이었다.

2016년 봄 알파고 충격이 닥치고 나서 한동안 다양한 분석이 쏟아졌다. 인간의 존엄과 낭만을 논하는 호들갑은 인간의 창의성에 대한 성찰로 깊어졌다. 일자리가 사라질 것이라는 걱정에서 부의 재분배에 대한 새로운 관점이 제기됐다. 기계의 인간 지배라는 우왕좌왕은 인간 삶의 변화를 아우르는 깊이 있는 미래 예측으로 이어졌다. 인공지능과 로봇이 주도하는 거대한 변화는 목전에 와 있고 인간의 평균 노동시간은 줄 것이라고 말이다. 스티븐 호킹 박사는 로봇에 의해 생산성이 증가할 때 창출될 부의 재분배 논의를 제안했다. 대안 중 하나인 기본소득 개념을 일부 북유럽 국가가 곧 실험할 거라고 한다. 기존의 다양한 복지제도를 전폐하고 대신 전 국민에게 동일 금액을 현금으로 지급한다는 것인데, 혁명적이지만 노동의 가치에 정면으로 대립된다는 우려도 낳고 있다.

사회 시스템의 변화가 잘 따라준다면 인간 노동의 총량이 줄

©Wikipedia

1957년 소련의 스푸트니크 발사는 미국에 커다란 충격을 안겨주었고,
이는 미국 정부에 과학기술 개발에 뛰어드는 결정적 계기가 되었다.

더라도 개인의 수입과 여가가 늘어나게 될 것이다. 지금의 교육 체계에서 자란 아이들이, 과연 그 시간에 스스로 즐길 수 있는 일을 찾고 자신이 속한 공동체의 진보에 기여하면서 기후변화 같은 지구적 문제를 뚫고 지속가능한 인류의 미래를 위해 필요한 일을 해나갈 수 있을까?

이젠 대한민국 수도 한복판에서 벌어진 알파고 사건을 한국판 스푸트니크로 만들 차례다. 스마트폰으로 웬만한 지식은 얻어낼 수 있고 데이터만 충분하면 기계가 학습할 수 있는 시대에 지식전수형 교육의 종말은 분명하다. 같은 직업에서도 필요한 전문성이 변해나가니 교육의 키워드는 맞춤형이 아니라 유연함이어야 한다. 단조로운 교과 내용을 반복하며 '실수 안 하기 전문가'가 되어가는 우리 아이들은 미래 직장에서 평생 처음 보는 일들의 해결을 요구받을 것이다. 새로운 문제를 해결한다는 게 무언지 모르는 아이들을 미래 세상으로 내몬다는 건 무책임하다. 아이들이 뻔한 생각의 틀을 뛰어넘어 모색과 해결의 통쾌함을 경험할 수 있도록, 교과 내용에 다양한 수준이 포함돼야 한다.

수학 교육은 수학자를 길러내기 위한 것도, 천재를 위한 것도 아니다. 생각의 재료를 주고 이를 버무리는 사고의 훈련 과정이다. 우리 아이들은 수학 개념의 탄생 배경이나 미래 세상에서의 역할은 모르는 채, 반복해서 문제나 풀며 입시에 대비하라는 어른들 얘기를 듣는다. 이래서야 '수포자'가 안 되는 게 신기하다. 이런 무책임한 교육 방식은 논외로 하고, 덜 가르치면 해결될 거라고 한다. "국문과에 갈 건데 왜 미적분을", "부모님은 수학 모르고도 잘 사셨다"는 말이 상식의 얼굴을 하고 회자된다.

교과 내용은 생각의 재료다. 논리적 사고를 위한 기본적인 재료를 부족하게 주고는 미래 세상에서 알아서 살라고 하는 꼴이다. '묻지 마 삭감'을 하면, 아이들은 빤한 내용을 끝없이 반복 학습하고도 신문의 데이터를 남이 해석해주어야 하는 반쪽 지식인이 된다. 입시에서 실수 하나로 인생이 바뀐다. '실수 안 하기 사교육'이 유행하고 모험은 사치가 된다. 내용을 줄여도 흥미진진하게 가르치지 않으니 여전히 수학은 재미없다.

뺄 게 아니라, 스토리를 더하고 의미의 생명력을 부여해야 한다. 수학 개념이 탄생한 시대적 상황과 역사도 가르치자. 문제 수는 줄이고, 문제는 꼬지 말고 평이하게, 평가는 실수를 해도 부분 점수를 주는 서술식으로, 아이들의 좌절을 줄여줘야 한다.

근대화 과정에서 전가의 보도였고 세계 최고의 대학 입학률을 만들어낸 우리의 교육열이 이 과정에서 가장 큰 저항이라는 사실은 얼마나 역설적인가. 최근 PISA 학업성취도에서 세계 최고를 기록하고 있는 싱가포르에서는 이미 고등학교 입학 시기에 상당수의 아이가 적성에 따라 직업학교로 간다. 스위스도 그렇다. 우리 아이들과는 자신의 미래에 대한 설정이 다르고, 따라서 학업에 대한 동기가 다르다. 교육 방식의 차이나 교육과정의 양 또는 흥미도 저하에서 답을 찾고, 교실에서 학생과 눈을 맞추는 교사의 선의로 해결한다고? 숲은 안 보고 나무만 보는 격이다. 숲은, 그러한 선의가 작동하도록 제도의 변화를 만들라고 한다. 짧은 시간에 많은 문제를 실수 없이 풀어야 하는 현 입시의 틀에서, 어떤 학교나 교사도 제자가 손해 보게 할 수는 없고, 그래서 만들어진 평가 시스템의 벽은 강고하다.

입시에 민감한 학부모들은 공정성을 이유로 표준화된 시험을 요구한다. 단순 암기가 아닌 생각의 훈련을 위해서 서술식 과정 평가를 강화해야 하지만, 채점의 공정성과 형평성에 대한 깊은 불신이 이를 가로막는다. 미국 대입 시험인 SAT에서는 최근에 서술형 문제를 늘리고 기계학습 방식의 인공지능 채점을 실험하고 있다고 한다. 우리나라도 이런 채점 방식을 도입하고 정교하게 다듬어서 공정성의 문제를 해결하면서 새로운 돌파구를 모색할 시기가 아닐까?

생각의 힘을 키우는 교육 외에 대안이 없다. 필요한 변화를 교육과정과 평가 방식에 담아내서 위기를 기회로 만들어야 한다.

맺음말

정약용은 유교 경전을 해석하는 데에 일가를 이루었을 뿐 아니라 어문, 역사, 지리, 과학, 의학, 예술 등 학문 전 분야에 걸쳐 저술을 남긴 박학博學의 학자였다. 한 분야에 치중하지 않고 다방면에 뛰어난 업적을 남긴 조선의 레오나르도 다빈치, 정약용은 21세기 융복합 시대와 연결의 시대에 다시 조명받을 수밖에 없다.

다가올 미래는 '연결의 시대'가 될 것이다. 각각의 독자성을 살리는 동시에 영향을 주고받으며 협력하는, '융합'과는 조금 다른 개념이 바로 '연결'이다. 연결의 시대가 요구하는 인재는 주어진 단순 문제를 잘 해결하는 사람보다 복잡다단한 문제를 해결하고 새로운 방향을 설정하는 사람일 것이다. 즉 '생각의 힘'을 갖춘 작은 리더다.

지식 전수형 교육은 종말을 고했다. 지금의 시대는 예측 가능한 범주에서만 기능하는 인재가 아니라 새로운 영역에서 전문성을 터득해갈 수 있는 인재를 필요로 한다. 이런 까닭에, 각종 전문 지식으로 무장했다는 자신감이 아니라 살아가면서 그때그때 필요한 지식을 학습할 수 있다는 자신감이 그 무엇보다 필요하다. 연결의 시대를 개척하는 이들은 아마도 '많이 배운 사람'이 아니라 '잘 배우는 사람'이 될 것이다. 새로운 내용을 배울 때 고통이 아니라 즐거움을 느끼는 인재 말이다.

지식 창출의 속도가 가속화되어 기존 지식은 금방 낡은 지식이 되어버리고 일자리의 탄생 소멸이 빈번한 세상이 되었다. 필요할 때 배울 수 있는 능력은 생존의 필수 조건이 되었다. '배움의 즐거움'은 옛 성현의 경구만이 아니다. 공자가 말씀하신 '학이시습지學而時習之면 불역열호不亦說乎아' 즉 '배우고 때로 익히면 즐겁지 아니한가'는 여전히 우리에게 유효한 가치다.

그런데 우리 교육은 어떤가. 학습한 적이 없는 문제를 해결해내는 능력을 아이들에게 가르치고 있는가. 배움의 즐거움을 알게 해준 적이 있는가.

잠시 멀리 떨어져서 보자. 미래 시민 교육의 핵심은 학생이 독자적인 생각의 능력을 갖추도록 하는 것인데, 이를 위해 생각의 재료와 도구를 충분히 제공하는 게 중요하다. 개인의 사유란 게 혼자 열심히 생각만 하는 걸 의미하진 않는다. 지성사의 성취를 두루 보고 이 위에서 그 한계를 극복하거나 새로운 생각을 더하는 것에 가깝다. 뉴턴도 자신의 성취가 가능했던 것은 거인의 어깨 위에 올라 있었기 때문이라고 말하지 않았나.

역사와 철학은 사색의 재료로 볼 수 있을 것이고, 기본 데이터로부터 논리적 추론을 거쳐 결론을 끌어내는 수학은 사색의 재료이자 도구로 볼 수 있다. 예를 들어 역사를 공부하려 한다면 일단 글 읽기를 배워야 할 텐데, 읽기를 배우려면 문법도 배워야 하고 단어도 외워야 하고 여러 가지 기술적이고 까다로운 학습 과정이 따른다. 수학도, 점점 심화하는 생각의 수위에 다다르기 위해 문제도 풀어야 하고, 생각의 전개 방법에 대한 훈련 과정이 따른다. 문제를 푸는 게 수학의 본질은 아니지만, 개념의 이해를 위해 필요한 것도 사실이다. 교과과정이 생각의 재료를 풍성하게 제공하는 건 아무리 강조해도 지나치지 않다. 자신만의 사고를 위한 재료와 도구를 얻어나가는 과정을 무조건 줄이자고 하는 주장은 반지성주의적인 접근으로 보인다.

나는 우리의 미래 세대가 학교 밖 세상에서 어려운 문제에 맞닥뜨렸을 때, '배움의 즐거움'이라는 강력한 무기를 활용하기를 기대한다. 얼마나 많이 아는가는 이제 더 이상 중요하지 않게 되었다. 예측할 수 없는 시대가 열렸다. 생각의 힘을 키우는 교육만이 새로운 시대를 헤쳐나갈 수 있는 유일한 방법일 것이다. 세상은 더욱 연결돼가는 중이다.

배우고 생각하고 연결하고

1판 1쇄	2018년 8월 1일
1판 6쇄	2022년 12월 21일

지은이	박형주
펴낸이	김정순
편집	허영수 이근정 장준오
디자인	김진영 박수연
마케팅	이보민 양혜림 정지수

펴낸곳	(주)북하우스 퍼블리셔스
출판등록	1997년 9월 23일 제406-2003-055호
주소	04043 서울시 마포구 양화로 12길 16-9(서교동 북앤빌딩)
전자우편	henamu@hotmail.com
홈페이지	www.bookhouse.co.kr
전화번호	02-3144-3123
팩스	02-3144-3121

ISBN 978-89-5605-975-4 03810

해나무는 (주)북하우스 퍼블리셔스의 과학·인문 브랜드입니다.